Dark Shadow

arsEdition

Bibliografische Information Der Deutschen Bibliothek
Die Deutsche Bibliothek verzeichnet diese Publikation
in der Deutschen Nationalbibliografie;
detaillierte bibliografische Daten sind im Internet über
http://dnb.ddb.de abrufbar.

5 4 3 2 1   13 12 11 10

Text: Dark Shadow

ISBN 978-3-7607-4188-8

www.arsedition.de

INHALT

TOM

Es kam ein Neuer in unsere Klasse. Die Mädchen fuhren sofort tierisch auf ihn ab. Er hatte pechschwarze Haare und hellgrüne Augen, makellos weiße Zähne und einen schlanken, irgendwie drahtigen Körper. Er bewegte sich mit merkwürdiger Leichtigkeit. Für einen Jungen in seinem Alter war er sehr behaart.

Er hieß Thomas, aber wir nannten ihn Tom.

Die Mädchen sahen ihn an, als sei er ein besonders leckeres Stückchen Sahnetorte. In seinem Beisein lachten sie lauter als sonst, putzten sich heraus, waren charmant, wie wir sie kaum kannten. Jeder von uns Jungen spürte, dass der Neue uns mit Leichtigkeit die Freundin ausspannen konnte. Deshalb kam er auch zunächst in keine Clique hinein. Die Mädchen wollten ihn gern dabeihaben, wir aber nicht.

Zum Glück war er viel zu schüchtern, um sich an eine heranzumachen.

Mein Freund Rick meinte, das sei nur eine ganz ausgefuchste Masche von Tom. »Er spielt das Mauerblümchen und zieht hier die Nummer ab: *Stille Wasser, die sind tief.* So braucht er sich selbst keine Mühe geben, und die Mädchen tänzeln um ihn herum, weil sie es süß finden, wie schüchtern er ist. Und irgendwann, wenn ihm danach ist, kann er sich die Beste aussuchen.«

Rick hätte ihn am liebsten vorbeugend verprügelt, denn noch hatte Tom ja gar nichts angerichtet. Er benahm sich wirklich in jeder Hinsicht korrekt.

Weil ich ihn nicht so offensichtlich ablehnte wie die anderen Jungen, tauschten wir manchmal Blicke miteinander aus. Ich glaube, er mochte mich.

Tom war ein mittelmäßiger Schüler, in keinem Fach auffallend gut oder schlecht. Während der Mathearbeit hat er mir zweimal mit Ergebnissen ausgeholfen. Ich weiß so etwas zu schätzen. Ich ließ es mir dann nicht nehmen, ihn zu meiner Geburtstagsparty einzuladen. Rick und die anderen waren deswegen sauer auf mich. Für die Mädchen war ich aber eine Weile der King.

Anna, die zu der Zeit gerade mit mir ging, sagte sogar, ich sei *der einzige Junge, mit dem man überhaupt vernünftig reden könne.*

Zum Glück habe ich im Sommer Geburtstag. Die Grillparty konnte also bei uns im Garten stattfinden. Wir haben Platz und ich lud fast die ganze Klasse ein. Meine Eltern wollten uns eigentlich alleine lassen, entschieden sich aber im letzten Moment dagegen, wahrscheinlich aus Angst, die Bude könne in Flammen aufgehen. Dabei hatten wir uns so auf ein sturmfreies Haus gefreut.

Es wurde dann trotzdem ganz lustig. Mein Vater stand am Grill und drehte Würstchen um, und meine Mutter passte auf, dass keiner heimlich Alkohol in die Fruchtsäfte goss.

Dann geschah etwas, das ich niemals vergessen werde. Mein Vater bat mich, Nachschub für den Grill aus dem Kühlschrank zu holen. In dem Moment kamen aber neue Gäste, die ich begrüßen musste. Tom übernahm es für mich, Frischfleisch heranzuschaffen. Ich begrüßte in der Zeit die beiden Jungs aus der Parallelklasse. Sie waren älter als ich, weil sie schon zweimal sitzen geblieben waren. Einer von ihnen, wir nannten ihn Bukowski, schob mir eine Flasche Wodka zu. Ich ging damit gleich in die Küche durch, um sie ins Eisfach zu legen, bevor Mutter sie einkassieren konnte.

Als ich in die Küche kam, sah ich Tom mit rundem Rücken auf dem Boden knien. Das Gesicht fast auf den Fliesen. Die Kühlschranktür stand offen, die Schüssel, in der die Koteletts und Rippchen lagerten, lag umgedreht auf dem Boden.

Im ersten Moment dachte ich, ihm sei die Schüssel runtergefallen, und kniete mich zu ihm, um ihm beim Aufsammeln des Grillfleisches zu helfen. Doch was ich sah, ließ meinen Atem stocken: Tom aß rohes Fleisch!

Noch nie habe ich einen Menschen mit solcher Gier und mit solcher Geschwindigkeit Fleisch essen sehen. Er hatte die Fingernägel hineingekrallt und riss mit den Zähnen Fleischfetzen vom Knochen. Dabei machte er Geräusche, wie ich sie nur von der

Raubtierfütterung aus dem Zoo kannte. Er hatte mich noch nicht bemerkt, denn er kniete mit dem Rücken zu mir und wirkte, als sei er wie von Sinnen.

Ich wollte ihn beim Namen rufen, doch ich zögerte. Ich schämte mich irgendwie, als sei ich Zeuge einer ganz intimen Handlung geworden, als gehöre es sich nicht, ihm beim Essen zuzusehen. Ich kam mir vor, als würde ich vor einem Schlüsselloch knien und jemanden auf der Toilette beobachten.

Ich schluckte. Ich räusperte mich. Mit einer katzenhaften Bewegung floh er unter den Tisch, ließ dabei das Fleischstück aber nicht los. Er schleuderte den Kopf hin und her, der Knochen baumelte dabei, nur noch an zwei blutigen Eckchen hängend, von seinen Lippen herab.

»Tom? Tom, ist dir nicht gut?«

Er zog sich noch weiter unter den Tisch zurück.

Ich kroch nun selbst auf allen vieren hinterher. Kaum war ich unterm Tisch, schnappte er nach mir. Ich starrte in sein aufgerissenes Gebiss. Er fauchte.

Ich erschrak so sehr, dass ich aufspringen wollte.

Dabei schlug ich mit dem Kopf gegen die Tischplatte und knallte wieder nach unten. Ich hielt mir den Kopf mit beiden Händen.

Sofort veränderte Tom sich. Er wischte sich das Blut von den Lippen und sah mich bedauernd an. »Hast du dir wehgetan?«

Ich schüttelte den Kopf.

Er begann, heiser zu lachen. »Dann ist es ja gut. Es war nur ein Scherz! Ein Scherz. Ich wollte mir einen Spaß mit dir machen. Du kannst doch Spaß verstehen, oder nicht?«

»Ja, Tom, das kann ich«, sagte ich.

Ich bin schon oft im Leben reingelegt worden und meine Freunde haben schon einige grobe Scherze mit mir gemacht. Rick zum Beispiel hat mal vor meinen Augen ein Stückchen Würfelzucker geschluckt. Er behauptete, es sei Ecstasy. Es war in der Schulpause. Dann bekam er Zuckungen, verkrampfte sich, krümmte sich wie ein Embryo auf dem Boden und drohte zu ersticken. Als ich es mit Mund-zu-Mund-Beatmung versuchte, bekam er einen Lachkrampf.

Aber dies hier war irgendwie anders. Der Anblick des fleischfressenden Tom verfolgte mich in meinen Träumen. Dort wurde alles ein bisschen größer. Vor allem sein Gebiss.

In den nächsten Tagen beobachtete ich Tom besonders genau. Ich begegnete ihm mit einer Mischung aus Respekt, Angst und aufkeimender Freundschaft.

Wenn Tom auch in allen Fächern nur mittelmäßig war, im Sport war er echt ein Ass. Der Beste in unserer Klasse. Ich sprang drei Meter fünfzig, an guten Tagen drei Meter sechzig weit. Tom hüpfte lässig über fünf Meter.

Als er die Begeisterung unseres Sportlehrers sah, erschrak er. Auch unser Beifall gefiel ihm nicht. Er tat nur so, als ob er stolz auf seine Leistung wäre. In Wirklichkeit – so war mein Gefühl – schämte er sich eigentlich, war sauer auf sich selber, ganz so, als hätte er irgendetwas verpatzt.

Unser Sportlehrer gierte seit Jahren danach, endlich einen Schüler zu haben, der unsere Schule – das heißt, eigentlich ihn selber – bei landes- oder gar bundesweiten Meisterschaften vertreten konnte. Bei Tom war er sich ganz sicher: Mit dem konnte er es schaffen. Er beschloss sofort, Tom für die Meisterschaften zu trainieren.

Beim nächsten Sprung sahen wir alle Tom zu. Vielleicht war ich der Einzige, dem es auffiel. Es klingt absonderlich, aber es sah für mich ganz so aus, als würde Tom versuchen, seine Kraft zu bremsen, um nicht zu weit zu springen. Auf keinen Fall wollte er irgendwelche Rekorde brechen. Vielleicht hatte er Angst, Eifersucht auf sich zu ziehen oder den Neid der weniger Erfolgreichen. Mir war jedenfalls klar, wenn der wollte, könnte er sieben Meter weit springen, vielleicht sogar zehn.

Er hob mit katzenhafter Leichtigkeit vom Boden ab, so als würde die Schwerkraft für ihn kurzfristig aufgelöst. Dann, in der Luft, streckte er plötzlich alle viere nach vorn, so als würde er versuchen zu bremsen. Trotzdem war sein Sprung weiter als alles, was wir je bei Bundesjugendspielen gesehen hatten.

Dann verpatzte er alles. Er ließ sich auf den Rücken fallen. Alle schrien bedauernd: »Oh, nein!«, »Scheiße!«, »Schade, das hätte so ein schöner Sprung werden können!«, »Rekordverdächtig!«

Doch ich wusste, das hatte er extra gemacht.

Seine Eltern erschienen an keinem Elternabend, obwohl sie mehrfach eingeladen wurden. Auch niemand meiner Mitschüler bekam sie je zu Gesicht. Nie wurde einer von uns zu Tom nach Hause eingeladen. Es kursierten schon die merkwürdigsten Gerüchte über Tom. Sein Vater sei ein prügelnder Alkoholiker, den er deswegen nicht herumzeigen könne, seine Mutter säße im Knast, und so weiter.

Tom versuchte, mit allen gut auszukommen und niemandem Ärger zu machen. Aber es gab einen Lehrer an unserer Schule, mit dem konnte man nicht gut auskommen. Er hieß Michael Stenning und unterrichtete Chemie.

Stenning war an mindestens drei Tagen im Monat ungenießbar. Man konnte nicht voraussagen, wann so ein schlimmer Tag für ihn kam, doch wenn der Tag da war, sah man es sofort, noch bevor Stenning die Klasse betreten hatte. Seine Lippen wurden schmaler, seine Augen verengten sich zu

Schlitzen, sein Ton hatte etwas Gereiztes an sich, das sehr schnell in Bösartigkeit umschlagen konnte. Er ging nicht wie sonst, sondern er stolzierte.

An so einem Tag konnte einem nichts Besseres passieren, als von Stenning übersehen zu werden. Wenn man aber drankam, dann war man so gut wie geliefert. Niemand, auch nicht der beste Schüler unserer Schule, hätte dann Stennings Kritik überstanden. Er holte jemanden zur Tafel und machte ihn dort fertig. Niemand wusste, warum er das tat, aber jeder, dass es geschehen würde.

Einige nannten ihn deswegen ein sadistisches Schwein. Vielleicht war er das auch, obwohl, selbst darin war er gerecht. Sein Zorn traf einen nie zweimal. Jedes Mal war ein anderer dran. Jungen machte er lieber fertig als Mädchen. Vielleicht, weil die nicht so schnell heulten und er länger seinen Spaß an ihnen hatte. Mich hatte er am Ende des letzten Schuljahres drangenommen. Ich wusste also, dass ich noch für einige Zeit meine Ruhe haben würde.

Als Stenning Tom aufrief, herrschte betretenes Schweigen in der Klasse. Anna streichelte ihm über den Rücken, als er an ihr vorbei nach vorne ging. Fast beneidete ich ihn darum, diesmal dran zu sein. Ich konnte mir gut vorstellen, wie liebevoll die Mädchen ihn danach trösten würden. Angeblich hat Stenning Rick, den *coolen Rick*, mal so fertiggemacht, dass Rick sich vor versammelter Klasse in die Hose gepisst hat. Ich weiß nicht, ob das stimmt, ich kenne die Geschichte nur vom Hörensagen. Aber Stenning muss sich damals ähnlich schlimm aufgeführt haben wie bei Tom.

Er versuchte es mit den miesesten Tricks, stellte Fangfragen, ließ Tom nicht ausreden, drehte ihm die Worte im Mund herum, lachte über ihn und versuchte immer wieder, uns alle dazu zu bewegen, ebenfalls über Tom zu lachen. Einige von den ganz feigen Schweinen taten es sogar, um bei Stenning Pluspunkte zu sammeln. Das war sehr blöd von ihnen, denn man kann bei diesem Mann keine Pluspunkte sammeln. Er wird sie trotzdem fertigmachen. Irgendwann. Er wird sie auch demütigen. Seinem Zorn kann man nicht entgehen, egal ob man versucht, ihm in den Arsch zu kriechen oder nicht.

Tom blieb die ganze Zeit gleichbleibend freundlich. Er tat, als sei alles ganz normal, als würde er die Aggressivität in Stennings Fragen nicht spüren. Er ließ sich zu keiner frechen Aussage hinreißen, zu keiner schnippischen Antwort, er wurde nicht patzig, er gab nur manchmal zu, etwas leider nicht zu wissen.

Als ihn die Klingel erlöste, hatte er seine Fünf und durfte sich setzen. Stenning sah sich in der Klasse um. Das machte er danach jedes Mal so. Er sah jedem Einzelnen in die Augen.

Siehst du, schien sein Blick zu sagen, *das kann dir auch passieren, wenn du nicht vorbereitet bist. Arbeite, arbeite, arbeite. Mein Fach ist das wichtigste aller Fächer. Wenn du irgendetwas nicht weißt, nehme ich das als persönliche Beleidigung. Wenn du keine Zeit hast, deine Hausaufgaben vollständig zu machen, dann lass etwas anderes weg, aber versäume es niemals, für Chemie die Formeln zu pauken.*

Als Stenning mich ansah, brach mir der Schweiß aus. Ich kann die ersten hundertzwanzig Seiten in unserem Chemiebuch auswendig aufsagen. Aber ich weiß, dass es mir nichts nutzt. Beim nächsten Mal wird er mich trotzdem in die Pfanne hauen. Der Mann kann einen so kirre machen, dass man am Ende nicht mal mehr weiß, wann man Geburtstag hat oder wie die eigene Mutter heißt.

In der folgenden Nacht starb Stenning einen furchtbaren Tod. Er wurde abends in seinem eigenen Garten von einer Raubkatze zerfleischt.

Es ging groß durch die Presse. Die Stadt stand unter Schock. Kein Raubtier war aus dem Zoo entwichen. Doch offensichtlich trieb sich in der Stadt ein Tiger oder ein Panther herum.

Natürlich war unsere ganze Klasse bei der Beerdigung von Stenning anwesend. Viele von uns gönnten es ihm, aber das wagte niemand zu sagen. Wir wussten, wir würden jetzt Fräulein Muhs in Chemie kriegen, und die war eine nette, liebenswürdige ältere Dame. Niemand musste irgendetwas von ihr befürchten.

Stenning war so entstellt, dass wir ihn in der Leichenhalle nicht anschauen durften. Der Sarg war geschlossen. In der Zeitung stand, der rechte Arm sei vom Körper abgetrennt worden und die Hälfte vom Gesicht würde ebenfalls fehlen.

Nachts patrouillierten jetzt mit Betäubungsgewehren bewaffnete Polizeibeamte durch die Straßen. Man ging davon aus, dass irgendwo ein verrückter Tierliebhaber wohnte, der in seiner Wohnung außer Raubkatzen möglicherweise noch andere gefährliche Tiere hielt. Vielleicht würde es bald schon Krokodile in den Abwässerkanälen geben, Skorpione im Kindergarten oder giftige Schlangen im Park. Es gab Hausdurchsuchungen, und einige stadtbekannte »Tierfreunde« wurden wegen artfremder Tierhaltung vor Gericht gestellt. Den Besitzer der Riesenraubkatze fand man aber nie.

Gegen Ende des Schuljahres spannte Tom mir meine Anna dann doch aus. Ich musste mit einer schweren Grippe eine Woche lang das Bett hüten. In der Zeit ging er mit ihr ins Kino, und danach wollte sie nichts mehr von mir wissen. Ich war nicht allzu sauer auf ihn, denn im Grunde ging sie mir schon eine ganze Zeit lang auf den Wecker. Außerdem hatte ich längst ein Auge auf Tina geworfen, doch die ging zurzeit mit Rick, und mit dem wollte ich mich nicht gerne anlegen.

Zum Abschluss unseres Schuljahres wurde dann ein Klassenfoto gemacht. Tom kam viel zu spät. Wir befürchteten schon, dass er nicht mehr aufs Bild käme. Als er dann da war, zierte er sich und wollte nicht mit drauf, er müsse ja schließlich sowieso die Klasse verlassen, weil seine Eltern und er in eine andere Stadt zögen. Wir überredeten ihn, ja, wir zerrten ihn an den Klamotten, bis er dabei war. Er stand ganz rechts außen, und aus irgendeinem Grund schwitzte er so sehr, dass er stank wie ein nasser Gorilla.

Das Foto wurde gemacht. Schon am nächsten Tag kam Tom nicht mehr in die Schule. Da er zu niemandem einen besonders intensiven Kontakt hatte, war es für uns alle nicht schlimm, ihn zu verlieren. Lediglich Anna erschien mit verheulten Augen. Sie hatte einen Abschiedsbrief von ihm erhalten, wollte aber nicht darüber reden. Ja, sie leugnete sogar, dass ihre Tränen etwas damit zu tun hätten.

»Wegen dem Arsch heule ich doch nicht«, sagte sie, aber das glaubte ihr keiner. Nicht einmal seine neue Adresse hatte er ihr hinterlassen.

Als eine Woche später das Klassenfoto kam, waren wir baff. Unsere Klasse hatte siebenunddreißig Schüler. Zwanzig Mädchen und siebzehn Jungen. Doch auf dem Foto waren nur sechsunddreißig zu sehen. Zwanzig Mädchen, sechzehn Jungen und rechts außen, direkt neben mir, ein großer, schwarzer Panther.

DIE VORAHNUNG

Etwas Ungeheuerliches geht vor. Ich weiß es, wie Tiere wissen, dass ein Erdbeben kommt. Nein, das sind keine Märchen! Es gibt diesen sechsten Sinn. Der Tsunami hat es mal wieder bewiesen. Im Yala-Nationalpark in Sri Lanka wurden Hunderte Menschenleichen gefunden. Aber kein einziger Tierkadaver. Es war ein Reservat für Krokodile, Wildschweine, Elefanten, Wasserbüffel und Affen.

Woher wussten die Tiere vor den Menschen, was geschehen würde? Bestimmt nicht durch Hightech und Satellitenüberwachung. Sogar Alexander von Humboldt hat es schon beschrieben. 1797 hatten die Tiere in der Stadt Cumaná in Venezuela lange verrücktgespielt, bevor ein Erdbeben die Gegend verwüstete. In China beobachten sie Hühner- und

Rinderfarmen, ja sogar Fischzuchtanlagen, um frühzeitig Hinweise auf Erdbeben zu bekommen. Schon der römische Schriftsteller Plinius der Ältere hat berichtet, unruhige Vögel, hysterische Hunde und nervöses Weidevieh würden eine Katastrophe ankündigen.

Woher ich all solche Sachen weiß? Nun, woher wissen andere, mit wie vielen PS ein Auto ausgerüstet ist, wer auf Platz eins der Charts ist oder wie viel ein Fußballspieler kostet? Ich interessiere mich halt dafür!

Unser Klassenlehrer, Herr Fink, der Idiot, hat natürlich für alles eine naturwissenschaftliche Erklärung. Schlangen und Ratten würden, weil sie in Erdlöchern leben, die Schallwellen und Vibrationen wahrnehmen, behauptet er.

Ja klar. Schlangen und Ratten kriegen das mit – nur unsere Wissenschaftler, die sind zu blöd dafür. Und wenn die Ratten die Erschütterungen in ihren Erdlöchern bemerkt haben und genau wissen, dass da kein Bagger herannaht, sondern ein Tsunami, dann schicken sie eine SMS an die Vögel, Elefanten,

Krokodile und so, damit ihre Freunde schnell genug abhauen. Vielleicht informieren die Schlangen aber auch Tarzan, damit er seine Affenarmee warnt.

Das Ganze ist doch völliger Quatsch! Absolut lächerlich. Wenn wir wieder Zugang zu unserem tierischen Wissen bekämen, würde uns das dann schützen oder verrückt machen?

Ich weiß jedenfalls, dass etwas Katastrophales geschehen wird.

Ich weiß nicht, was und nicht wann. Aber ich spüre, es naht heran. Und ich habe diesen Impuls wie die Tiere: Ich will einfach nur fliehen.

Aber flieh mal, wenn du zwölf bist und einen verständnisvollen Vater hast, mit dem man »über alles reden kann« und der lieber dein Freund wäre als dein Vater. Und eine Mutter, die noch schärfere Röcke anzieht als deine ältere Schwester.

Bei uns ist es anders als in anderen Familien. Nicht meine vierzehnjährige Schwester Tina hat sich ein Bauchnabelpiercing machen lassen, nein! Meine Mutter trägt bauchfreie Tops. Mein Vater sagt, sie sei in die Pubertät gekommen, nicht meine Schwester. Die läuft seitdem in Leinensäcken herum und sieht aus wie ein Bettelmönch.

Wohin soll ich fliehen und wie kann ich meine Eltern und meine Schwester mitnehmen? Ich liebe meine Familie, auch wenn sie alle völlig verrückt sind.

Leider ist mein Papa den ganzen Tag im Haus.

Er hat sein Büro im oberen Stockwerk, genauer gesagt, das gesamte obere Stockwerk ist ein einziges Büro. Er hat eine Halbtagssekretärin, die zehn Jahre jünger ist als er und zwanzig Jahre jünger als meine Mutter. Die kommt jeden Morgen um neun und bleibt bis vierzehn Uhr. Wenn ich früh genug aus der Schule zurück bin, höre ich sie und Papa oft oben lachen. Strafverteidiger scheint ein ziemlich witziger Beruf zu sein. Früher dachte ich das nicht, aber seitdem sie bei meinem Vater arbeitet, geht es immer fröhlicher bei uns zu.

Neuerdings weigert meine Mutter sich, für die »eingebildete Zicke« mitzukochen, deshalb macht die Sekretärin jetzt immer eine Stunde eher Schluss und geht. Papa kommt dann runter und isst mit uns gemeinsam.

Es geht uns finanziell ziemlich gut. Mein Vater kauft alle drei Jahre ein neues Auto, um »die alte Kiste los zu sein, bevor die lästigen Reparaturen anfangen«.

Im Moment haben wir einen dunkelblauen BMW der 5er-Serie. Tina will nicht länger in so einem »Angeberauto« fahren und möchte am liebsten irgend so ein Studentenauto, einen Corsa oder einen Twingo. Mindestens zehn Jahre alt soll das Ding sein und Rostbeulen haben, weil sie unbedingt zur Schau tragen möchte, dass sie Autos eigentlich verachtet. Meine Mutter will »auf keinen Fall wieder so ein Alte-Leute-Auto«, sondern etwas »Junges, Modernes – am liebsten ein Cabrio«. Mein Vater findet, als Strafverteidiger müsse er »eine gewisse Seriosität auch mit dem Autokauf demonstrieren«.

Da es bei uns in der Familie eigentlich recht demokratisch abläuft und die drei sich nicht einigen können, bin ich so etwas wie das Zünglein an der Waage. Wenn ich mich also für einen von den Vorschlägen entscheide, gibt meine Stimme vermutlich den Ausschlag. Natürlich werde ich meiner Schwester nicht den Gefallen tun und für irgend so eine Schrottmühle stimmen.

Als wir am Tisch über den Autoprospekten sitzen, schlage ich vor, einen Mercedes G320 zu kaufen. Alle drei schauen mich entgeistert an, als hätte ich empfohlen, einen russischen Panzer anzuschaffen.

Meine Schwester findet, das sei »nur ein peinliches Angeberauto«, und weigert sich jetzt schon einzusteigen. Meine Mutter jammert: »Damit findet man doch nirgendwo einen Parkplatz.« Mein Vater fragt mich mit verständnisvoller Stimme: »Aber Lukas, warum denn so einen Geländewagen? Wir wohnen doch nicht in der Wüste, wir fahren doch hier nur über gut ausgebaute Straßen.«

»Man kann damit besser fliehen«, sage ich. »Man bleibt nicht so leicht im Morast stecken.«

Meine große Schwester lacht zynisch. Dass ich im Gegensatz zu ihr mit Muttermilch großgezogen worden sei, habe nicht nur den Brüsten meiner Mutter geschadet, sondern auch noch meinem Verstand.

Meine Mutter greift sich sofort an den Push-up-

BH und will wissen, was denn bitte mit ihren Brüsten nicht in Ordnung sei, sie habe immerhin welche, im Gegensatz zu Tina.

Mein Vater stöhnt. Er zieht mich vom Tisch weg und geht mit mir in den Garten. Immer wenn meine Mutter und Tina anfangen, sich zu streiten, verlässt mein Vater mit mir den Raum.

»Weißt du«, sagt er, »die haben gerade eine schwierige Phase miteinander. Wie gut, dass es mit uns beiden Männern besser läuft. Wir würden uns nie so anzicken, was, mein Großer?« Er boxt mir lachend gegen den Oberarm.

Ich hebe die Deckung gegen eine von ihm angedeutete rechte Gerade und frage: »Heißt das, wir kaufen den Mercedes?«

»Natürlich nicht, Lukas. Das ist ein Auto für Spinner. Außerdem ist der viel zu teuer und verbraucht enorm viel Sprit. Zwanzig Liter mindestens.«

»Nein, Papa, nur fünfzehn Liter.«

Er nimmt mich in den Arm. »Ich kann dich ja verstehen. Als ich in deinem Alter war, wollte ich immer, dass mein Vater …«

Ich ließ ihn erst gar nicht weiterreden. Wenn er sich erst einmal in seine Kindheit verstrickt hat, kramt er eine Geschichte nach der anderen aus und ich komme gar nicht mehr zum Zuge. Ich appelliere an sein Verantwortungsbewusstsein: »Stell dir mal vor, Papa, eine Katastrophe kommt.«

»Was für eine Katastrophe denn?«

»Na ja, zum Beispiel, also ... ein Erdebeben. Oder eine riesige Flutwelle.«

»Eine riesige Flutwelle? Woher soll denn hier eine riesige Flutwelle kommen? Wir sind fünfhundert Kilometer Luftlinie vom Meer entfernt.«

»Na, stell dir einfach vor, wir müssen fliehen, Papa. In welchem Auto möchtest du sitzen, wenn es um dein Leben geht? In einem modischen Sportwagen mit offenem Verdeck oder in einem Mercedes G320 mit Allradantrieb und Elektronischem Stabilitäts-Programm ...«

»Hey, was befürchtest du, mein Sohn? Alles ist gut, es wird uns nichts geschehen. Wir brauchen den Wagen nur, um einkaufen zu fahren. Ich muss damit zum Gericht, und glaubst du ernsthaft, deine

Mutter möchte in ihrer Jazztanzgruppe mit so einem klobigen Geländewagen vorfahren?« Und dann schlägt er allen Ernstes vor, ich könne mir doch zum Geburtstag einen Geländewagen als Modellauto wünschen. Er habe als Kind auch gerne mit Modellautos gespielt. Zum Beispiel habe er einen knallroten Ferrari gehabt.

Ja, was soll man dazu noch sagen? Ich glaube, mein Vater ahnt gar nicht, wie sehr er mich damit beleidigt.

Ich ziehe mich einfach in mein Zimmer zurück und lese die Prophezeiungen des Nostradamus. Das war ein Pestarzt aus Südfrankreich, der angeblich die gesamte Weltgeschichte vorausgesagt hat. Auch den 11. September und den Krieg im Irak. Sogar Papst Benedikt XVI. hat er angekündigt. Er nannte ihn den »Weißblauen« (das sollte wohl für »bayrisch« stehen).

In der Nacht träume ich von Feuersbrünsten. Ich sehe die Stadt von oben. Unsere Straße. Unser Haus. Eine Feuerwalze, vergleichbar mit einer Sturmflut, nur eben aus Flammen, begräbt alles unter sich.

Schweißnass werde ich wach und renne runter in den Keller, da hängt unser Feuerlöscher. Ich hole ihn von der Wand und lese mir die Gebrauchsanweisung durch. Was nutzt so ein Ding, wenn man nicht weiß, wie es funktioniert?

Dabei stelle ich fest, dass der Feuerlöscher schon mehr als zehn Monate überm Verfallsdatum ist.

Ich laufe ins Schlafzimmer meines Vaters. Seit einiger Zeit haben unsere Eltern getrennte Schlafzimmer. Papa sitzt oft bis in die Nacht über Akten und schläft im Bett gern beim Fernsehgucken ein, und meine Mutter will in keinem Raum schlafen, in dem elektrische Anlagen auf Stand-by stehen. Einen Fernseher mag sie überhaupt nicht.

Ich rutsche aus und knalle mit dem Feuerlöscher auf den Steintreppen lang hin. Dabei bricht ein Schneidezahn von mir ab. Es tut gar nicht besonders weh, zumindest nicht weher als die schrille Stimme meiner Mutter in meinen Ohren, als sie mich sieht.

Meine Mutter macht sich Sorgen und fragt sich, ob ich Drogen nehmen würde, ich sei jetzt genau in dem anfälligen Alter, während mein Vater nur seine

Ruhe und möglichst schnell wieder ins Bett will. Das mit meinem Schneidezahn könne morgen Zahnarzt Dohle regeln.

Ich zeige meinen Eltern vorwurfsvoll den Feuerlöscher und frage sie, ob sie sich etwa mit diesem Gerät wohlfühlten, das seit vielen Monaten über dem Verfallsdatum ist. Wie wir damit, bitte schön, einen Brand löschen sollen?

Ich glaube, ich gehe meinem Vater ganz schön auf den Keks, denn er tönt mit großen Gesten, wenn schon unser Feuerlöscher nicht funktioniere, dann könnten wir ja wenigstens in unseren BMW springen und damit fliehen. Immerhin sei der Wagen vollgetankt.

Ich muss meiner Mutter noch dreimal versichern, dass ich wirklich keinerlei Drogen genommen habe. Ich erzähle ihr stattdessen von meinem Traum, und plötzlich wird sie ganz anders. Sie will mir sogar einen Tee machen, aber ich habe keine Lust auf Tee, sondern ich nötige ihr einfach das Versprechen ab, einen neuen Feuerlöscher zu kaufen oder den alten zumindest neu auffüllen zu lassen.

Aber man kann sich auf meine Familie nicht verlassen. Also, zumindest in solchen Sachen nicht. Denen fehlt der sechste Sinn für Katastrophen. Das, was Tiere auszeichnet oder eben neuerdings mich. Die glauben nicht daran, dass sich etwas Schlimmes anbahnt. Die können die Zeichen nicht lesen. Für die ist ja immer alles gut gegangen.

Meine Mutter interessiert sich nur für ihre Kleidergröße und irgendeinen Fitnesspapst, der in die Stadt kommen soll und einen Vortrag halten will.

Mein Vater will einen Prozess für einen großindustriellen Steuerhinterzieher gewinnen. Natürlich weiß mein Papa, dass der Typ schuldig ist, so wie es jeder weiß und wie jede Zeitung darüber berichtet hat. Aber mein Papa will ihn heraushauen. Er hat die Hoffnung, dass er dann »mehr Kunden dieser Größenordnung« bekommen wird. Mein Vater will nämlich nicht immer nur Ladendiebe verteidigen oder Typen, die aus Eifersucht ihre Ehefrau umgebracht haben. Sein Ziel sind die richtig großen Fische, und von denen hat er jetzt einen an der Angel.

Meine Schwester findet das alles ekelhaft und unmoralisch. Sie hilft regelmäßig in einem Dritte-Welt-Laden aus, den sie Eine-Welt-Laden nennt. Sie arbeitet dort kostenlos, weil sie »den Fairen Handel unterstützen will«. Seitdem trinken wir Kaffee, der dreimal so teuer ist wie der normale. Meinem Vater schmeckt der Kaffee nicht, aber Tina behauptet, am Supermarktkaffee würde Blut kleben.

Die sind alle so sehr mit ihrem eigenen Kram beschäftigt, dass sie gar keine Gedanken auf unsere Sicherheit verschwenden. Das bleibt alles an mir hängen.

Die Zeichen mehren sich. Im Bermuda-Dreieck verschwindet ein Flugzeug plötzlich von allen Radarschirmen. Es ist wahrlich nicht das erste. Wer die Geschichte des Bermuda-Dreiecks kennt, weiß, wovon ich rede. Die Wissenschaftsidioten in den Zeitungen sprechen von natürlichen Erklärungen, die es dafür gäbe, zum Beispiel dass der Privatjet als Drogentransporter missbraucht worden sei.

Klasse Begründung. Und warum verschwindet ein Drogentransporter plötzlich von den Radarschirmen? Außerdem haben sich im Bermuda-Dreieck schon ganze Passagierflugzeuge, Militärmaschinen und Schiffe in Luft aufgelöst. Jeder weiß das, aber die Menschen weigern sich, es zu sehen. Wahrscheinlich, weil es ihnen zu viel Angst macht, genau hinzugucken.

Der Ätna spuckt wieder Lava aus und demonstriert uns damit, dass die Erde, auf der wir uns bewegen, nur eine dünne Kruste ist, unter der es höllisch brodelt. Die Schale kann jederzeit brechen und die Hölle kommt zu uns.

In den USA drehen Bienenschwärme durch und greifen die Farmer an.

Das Unheil kommt näher, aber ich weiß nicht, in welcher Form es uns treffen wird. Ich fühle mich verantwortlich dafür, meine Familie zu schützen.

Ich muss das alleine tun. Sie schaffen es nicht.

Zum Glück kann ich im Internet drei preiswerte Feuerlöscher ersteigern. Das ist sehr praktisch. Die Dinger werden ins Haus geliefert und ich muss mich nicht damit abschleppen.

Natürlich kaufe ich batteriebetriebene Rauchmelder und bringe sie in jedem Zimmer an. Meine Eltern bemerken sie nicht. Entweder denken sie, die Dinger hätten schon immer an der Decke geklebt, oder sie gucken einfach nicht nach oben, wenn sie sich durch die Räume bewegen. Es ist zum Schreien!

Im Internet bestelle ich auch ein gutes Schlauchboot mit Außenbordmotor. Ich lasse alles von der Kreditkarte meines Vaters abbuchen. Zum Glück hat er, der Strafverteidiger, scheinbar überhaupt keine Sicherheitsbedenken, wenn er zu Hause am Computer sitzt. Ich kann die Geheimzahlen und Kreditkartennummern problemlos nachlesen.

Notrationen, von denen man sich ernähren kann, sind kein Problem. Ich bestelle Kohlenhydratkomprimat-Riegel, Dosenbrot, selbsterhitzende Mahlzeiten und Wasseraufbereitungstabletten.

Es gibt ein 30-Tage-Paket vegetarisch, ein 90-Tage-Paket mit Fleisch und ein 360-Tage-Paket. Ich überlege nicht lange und bestelle drei 360-Tage-Pakete und zwölf Vegetarier-Pakete für Tina. Da gibt es echt alles, vom Gemüse-Risotto über Rührei mit Zwiebeln bis zur Mousse au Chocolat.

Schwieriger wird es mit den Waffen. Mein Vater hat zwar dauernd mit Kriminellen zu tun und könnte sicherlich problemlos an einen Waffenschein kommen, er tut es aber nicht.

Er findet, niemand solle Waffen im Haus haben, weil, nur wo eine Waffe ist, kann auch eine Waffe losgehen. Wenn es nach ihm ginge, wären nicht mal die Polizeibeamten bewaffnet und die Bundeswehr würde mit Gummimessern und -knüppeln in der Kaserne trainieren. Das ist wahrscheinlich der einzige Punkt, an dem er und meine Schwester sich völlig einig sind.

Wenn wilde Tiere kommen oder Außerirdische, wenn irgendjemand das Trinkwasser vergiftet und deswegen die Menschen verrückt werden oder es plötzlich in der Innenstadt von Zombies wimmelt, dann müssen wir uns verteidigen. Das wird in doppelter Hinsicht ein Problem, denn erstens haben wir keine Waffen, und zweitens, selbst wenn es mir gelingt, Waffen heranzuschaffen, kann in meiner Familie niemand damit umgehen.

Meiner Mutter traue ich noch am ehesten zu, eine

Pistole abzufeuern. Aber kann man zum Beispiel mit einer 9 mm Sig Sauer P 239 einen lebenden Toten stoppen? Oder einen Grizzly, ein Mammut, ein Wesen aus dem Weltall?

Ich finde einen Menschen, der seine Beretta verkaufen will, aber das ist eine Waffe aus dem Zweiten Weltkrieg – wer sagt mir, dass die überhaupt noch funktioniert?

Am liebsten wäre mir eine Pumpgun, so ein Elefantentöter. Dazu ein paar Hundert Schuss Munition. Ich finde im Internet sogar mehrere Angebote, aber alle verlangen einen Waffenschein und eine Altersangabe.

Ich rufe einen der Typen an und erkläre ihm meine Situation. Er hat Verständnis und ist bereit, mich zu treffen. Die Übergabe der Pumpgun plus 200 Schuss scharfer Munition soll an der S-Bahn-Station stattfinden. Er will 1000 Euro von mir, in bar.

Bargeld aufzutreiben ist für mich natürlich viel schwieriger, als einfach Überweisungen mit der Kreditkarte meines Vaters zu tätigen. Bis er die Auszüge davon in Händen hält, vergehen manchmal sechs

Wochen. Dann erinnert er sich nicht mehr an alles. Er guckt eigentlich nur unten auf den Betrag, und solange sein Konto nicht allzu sehr ins Minus rutscht, interessieren ihn die Details nicht besonders. Seit er den »großen Fisch an der Angel« hat, sieht sein Konto gut aus und er befasst sich nicht mehr mit so einem Kleinkram wie der letzten Tankquittung.

Die Feuerlöscher sind inzwischen angeliefert, und das Schlauchboot mit Außenbordmotor befindet sich auf dem Dachboden. Unsere Lebensmittelrationen sind gut verpackt. Ich habe uns einen Gaskocher besorgt und Schlafsäcke, in denen man auch bei 20 Grad minus draußen übernachten kann.

Den Typen mit der Pumpgun zu treffen ist überhaupt kein Problem. Ich habe mir eine glaubhafte Geschichte ausgedacht, warum ich abends noch mal wegmuss. (Um einen kranken Klassenkameraden zu besuchen, dem ich angeblich versprochen habe, bei den Matheaufgaben zu helfen, und dann habe ich es vergessen. Natürlich muss ich ein Versprechen einlösen. Jeder in der Familie wird das verstehen.)

Aber solche Ausreden sind gar nicht nötig, denn mein Vater ist nicht im Haus. Er geht mit einem neuen Klienten essen, der in seiner Firma seit Jahren Geld unterschlagen hat und jetzt »reinen Tisch machen will, um ein neues Leben anzufangen«.

»Mit anderen Worten«, sagt mein Papa grinsend, »er weiß, dass er kurz davor ist aufzufliegen, und versucht sich jetzt durch eine Selbstanzeige zu retten. Das ist ein kluger Schritt. Ich werde ihn dabei begleiten, und wenn mich nicht alles täuscht, wird das Honorar ausreichen, um die letzte Hypothek fürs Haus abzubezahlen.«

Meine Schwester will in keinem Haus wohnen, das von Verbrechern finanziert wurde. Meiner Mutter ist das alles egal, Hauptsache, ihre Freundinnen erfahren es nicht. Sie, die gerne Steaks isst, am liebsten nur kurz angebraten und noch ganz blutig, sagt komischerweise zur Verteidigung von Papa, der Mann ihrer Freundin Susanne sei Chef einer Großschlachterei, und dessen Arbeit findet sie viel unmoralischer, da nimmt sie lieber das Geld von Steuerhinterziehern und Weiße-Kragen-Ganoven.

Tina ist in ihrer Ditte-Welt-Gruppe. Sie planen eine Aktion gegen den Verkauf von Palmöl, weil Palmöl sich so klasse und biologisch anhört, in Wirklichkeit aber dafür ganze Wälder abgeholzt werden. Bei der Aufzucht der Palmen würde so viel Chemie verwendet, dass die Flüsse sterben. Meine Schwester hat Bilder aus Ecuador mitgebracht, von Gewässern, in denen es keinen einzigen Fisch mehr gibt. Doch sie versteht die eigenen Bilder nicht. Sie denkt die Dinge nicht logisch weiter. Wir stehen kurz vor dem Ende! Die Apokalypse naht!

Tina müsste sich eigentlich mit mir verbünden, wenn sie all das, was sie sagt, ernst meint. Aber ich glaube, die geht gar nicht aus Überzeugung in diese Umweltgruppe. Die ist einfach auf der Suche nach einem Freund und will nicht bei den Modenschauen und Modelnummern in den Discos mitmachen.

Meine Mutter will irgendeinen Ski-Trockenkurs machen, um sich im Winter nicht die Beine zu brechen. Ich bin also ohnehin alleine und kann ohne jede Ausrede zum Treffen an der S-Bahn-Station fahren.

Ich habe gleich so ein komisches Gefühl, dass der Typ mit der Pumpgun nicht kommen wird. Aber dann steht ein Mann mit einem angegrauten Vollbart vor mir. In der rechten Hand hält er eine Sporttasche. Er zwinkert mir zu und fragt, ob wir verabredet sind.

Ich nicke: »Ich glaube ja.«

Er lächelt, er habe etwas für mich.

»Ich habe auch etwas für Sie«, antworte ich und tippe auf den Briefumschlag in meiner Jack-Wolfskin-Jacke.

Dann packen mich plötzlich zwei Typen von hinten und erklären mir, ich sei verhaftet.

Na danke. Ich bin in eine Falle getappt!

Sie heben mich hoch, und ich fürchte, dass sie mir die Arme brechen, so grob gehen sie mit mir um. Einer stellt das Geld sicher, und ich drohe ihnen, mein Vater sei Strafverteidiger und fände es bestimmt gar nicht witzig, wenn sie mich hier verhaften würden.

»Und was sagt dein Vater dazu, dass du mit 1000 Euro versucht hast, eine Pumpgun zu kaufen?«

Obwohl ich ihnen versichere, dass niemand bei

uns zu Hause ist, bestehen sie darauf, mich zurückzubringen. Fast zeitgleich mit uns trifft mein Vater ein. Ich sehe ihm die Erschütterung deutlich an. Einen Moment lang kann er gar nicht glauben, dass ich wirklich sein Sohn bin, so als hätte man einen fremden Jungen angeschleppt, der mir nur zufällig ähnlich sieht. Aber dann wird er ganz Strafverteidiger. Er erklärt, ich sei erstens strafunmündig und zweitens würde ich zu der ganzen Sache schweigen. Noch bevor ich überhaupt etwas sage, fährt er mich an: »Still, jetzt rede ich!«

Dann wendet er sich wieder an die beiden Typen: »Mein Sohn ist nur zufällig da vorbeigekommen. Es handelt sich um einen öffentlichen Platz. Er war in meinem Auftrag unterwegs, um ein Geburtstagsgeschenk für meine Frau zu besorgen. Und glauben Sie mir, sie wünscht sich keine Pumpgun! Es handelt sich um eine Verwechslung.«

»Und wie erklären Sie sich, dass die Kontaktaufnahme von Ihrem Computer aus geschehen ist? Wir haben die IP-Adresse.«

Jetzt braust mein Vater erst mal richtig auf. Das

Ganze sei sowieso nicht legal, es sei ein Lockvogelgeschäft, man habe mich hereingelegt, und so würden anständige Jugendliche kriminalisiert. Er droht mit Dienstaufsichtsbeschwerde und kündigt an, diese Sache werde ein Nachspiel haben.

Die Polizeibeamten verziehen sich zerknirscht und wirken wie geschlagene Wrestlingkämpfer, die vom Publikum ausgebuht werden.

Dann macht mein Vater sich erst einmal einen Espresso. Er spricht kein Wort. Er steht an der Maschine, hört zu, wie die Kaffeebohnen gemahlen werden, und ist ganz in sich versunken. Ich glaube, dass dies eine gute Gelegenheit ist, ihm klarzumachen, wie schlimm es um uns alle steht. Er kann sich jetzt nicht mehr vor der Verantwortung drücken. Er muss mir dabei helfen, die Familie zu retten.

Nachdem er auch noch einen zweiten Espresso im Stehen getrunken hat, hört er mir endlich zu. Ich zeige ihm das Schlauchboot mit Außenbordmotor, die Überlebenspakete und die Feuerlöscher.

Er reagiert anders, als ich gehofft habe. Er ist wenig beeindruckt und sagt. »Ich glaube, dass du professionelle Hilfe brauchst, Lukas, bevor die ganze Sache aus dem Ruder läuft. Ich habe dich in letzter Zeit sehr vernachlässigt. Vielleicht sollten wir mehr miteinander unternehmen. Hast du Lust, einen Golfkurs mit mir zu machen?«

Ja, so ist mein Vater. Andere wären in der Situation vielleicht durchgedreht und hätten ihre Kinder sogar verprügelt. Meiner schlägt mir vor, mit ihm zusammen einen Golfkurs zu machen.

Das freut mich aber nicht. Im Gegenteil, ich bin richtig sauer darüber, denn die ganze Sache sagt mir doch, dass er mich überhaupt nicht ernst nimmt. Außerdem will er nur selbst einen Golfkurs machen, um endlich »in die besseren Kreise« Einlass zu finden, die er als Klienten gewinnen möchte.

Ich solle mir keine Sorgen machen. Alles würde gut. Natürlich will er alles regeln. Er macht nicht mal wegen der 1000 Euro einen Aufstand, und dass alles von seiner Kreditkarte abgebucht wurde, nimmt er mit einem fast erleichterten Nicken zur Kenntnis. Wenn ich die Sachen geklaut hätte, wäre es für ihn viel schlimmer gewesen, glaube ich.

Nachts höre ich, wie er mit meiner Mutter spricht. Die beiden zanken sich nicht wirklich, aber sie sind doch ziemlich laut. Mehrfach betont mein Vater, seine Oma sei genauso gewesen, sie hätte ständig den Dritten Weltkrieg vorausgesagt, Erdbeben oder »anderen Blödsinn, der nie eingetreten ist«. Wir müssten jetzt handeln, sonst könnte das alles noch böse enden, prophezeit mein Vater. Damit ist er endlich auf meiner Linie, aber er meint das alles anders als ich.

In der Nacht rieche ich Qualm. Nein, es ist nicht wirklich der Geruch von Feuer, mehr der von verbrannten Gummireifen.

Ich wundere mich natürlich, warum die Rauchmelder nicht angeschlagen haben. Sie waren zwar preiswert, aber ich habe sie ausprobiert. Wenn man mit der Glut einer Zigarette nur in ihre Nähe kommt, heulen sie los. Nur eine Spur von Qualm reicht aus und sie schlagen an.

Ich habe die empfindlichsten Rauchmelder gewählt, die ich kriegen konnte.

Sie sind nur für Nichtraucherhaushalte geeignet.

Deshalb glaube ich zunächst zu träumen, aber als ich aus dem Bett aufstehe, ist der Geruch immer noch da. Das Ganze kommt von unten aus dem Keller. Na klar, da habe ich keine Rauchmelder angebracht. Ich Idiot! Ich war zu geizig. Drei, vier Rauchmelder mehr hätten nur ein paar Euro gekostet, aber uns das Leben retten können!

Ich stürme ins Schlafzimmer meines Vaters und schreie: »Feuer! Feuer!«

Mein Vater schläft immer nackt. Er schießt aus dem Bett hoch, und kaum steht er vor mir, brüllt er mich auch schon an, jetzt habe er aber genug von meiner Spinnerei und ob ich nicht wenigstens nachts Ruhe geben könnte.

Meine Mutter ist von dem Lärm ebenfalls wach geworden. Sie kommt in ihrem Seidenpyjama auf den Flur gelaufen und mischt sich ein: »Riech mal, riech mal! Lukas hat recht! Es brennt tatsächlich! Es brennt!«

Die Feuerlöscher sind immer noch auf dem Dachboden. Ich will hoch, um sie zu holen.

Meine Mutter ruft die Feuerwehr, denn aus dem

Keller kommen jetzt dicke Rauchschwaden und nun heulen auch die Rauchmelder los.

Ich bringe die Feuerlöscher runter und will damit in den Keller, aber meine Mutter hält mich auf. Das sei Aufgabe der Feuerwehr, ich dürfe mich auf keinen Fall in Gefahr begeben.

Wir ziehen uns alle ganz schnell an. Meine Schwester will ihren Kanarienvogel retten und auf keinen Fall ohne ihn gehen.

Ich zähle die Minuten bis zum Eintreffen der Feuerwehr, und eins weiß ich jetzt ganz genau: Im Katastrophenfall werden sie zu spät kommen, denn dann wird nicht nur unser Haus brennen, sondern vermutlich wird das Feuer in mehreren Stadtteilen gleichzeitig ausbrechen.

Mein Vater zieht andere Rückschlüsse aus dem Geschehen. Er zieht mich zur Seite, während die Feuerwehrleute mit ihren Löschgeräten in den Keller eindringen, und fragt mich allen Ernstes, ob ich das Feuer gelegt hätte.

Am liebsten hätte ich ihm doof gezeigt. Das tue ich aber nicht, ich weise diesen Verdacht nur weit von mir: »Ich habe im Bett gelegen und geschlafen, Papa. Ich bin kein Feuerteufel, ich will eine Katastrophe verhindern, nicht herbeiführen!«

Er bemüht sich, so zu tun als ob er mir Glauben schenken würde, aber ich sehe es ihm deutlich an: Er hat Zweifel. Selbst als die Feuerwehrleute nach dem Löschen sagen, sie hätten die Brandursache zwar nicht genau feststellen können, aber es sei vermutlich durch einen Kabelbrand im Wäschetrockner entstanden, nickt mein Vater, fast dankbar erleichtert, dass es nun eine offizielle Erklärung gibt, doch er schenkt ihr nicht wirklich Glauben.

Mein Vater steckt den Feuerwehrleuten sogar Geld zu.

»Für die Kaffeekasse«, sagt er, doch das Ganze reicht aus, um sich für die nächsten Jahre mit einem Kaffeevorrat auszustatten.

Ich glaube, er tut das, damit sie bei ihrer Darstellung bleiben, es sei ein Kabelbrand gewesen, und weil er ihnen dankbar ist, dass sie keine Verdachtsmomente gegen seinen Sohn formulieren.

Bei dem dann folgenden Gespräch darf meine Schwester nicht dabei sein, aber meine Mutter findet klare Worte. Mein Vater schweigt die meiste Zeit und nickt nur. Er presst die Lippen so fest zusammen, dass sie zu einem rosa Strich in seinem Gesicht werden.

Ich hätte ein übersteigertes Geltungsbedürfnis, sagt meine Mutter, deswegen wolle ich mich zum Retter machen. Da wir aber alle nicht bedroht würden, müsste ich die Gefahren selbst herbeiführen. Das alles käme, weil ich mich in Wirklichkeit klein und mickrig fühlen würde, und die Kehrseite meines Geltungsbedürfnisses sei eben ein Minderwertigkeitskomplex. Daran sei auch mein Vater schuld. Der zuckt zusammen, muss ihr dann aber recht geben, als sie sagt, es sei ja schwer, gegen so einen tollen Mann zu bestehen. Es gebe doch praktisch keinen Bereich des Lebens, in dem ich in der Lage sei, ihn zu überholen, und Söhne würden sich nun mal in Konkurrenz zu ihren Vätern befinden.

Mein Vater nickt. Irgendwie schmeichelt ihm das alles, und er schlägt wieder vor, wir sollten zusammen Golf spielen.

Und plötzlich fällt es mir wie Schuppen von den Augen: Die eigentliche Katastrophe hat längst ihren Gang genommen. Das sind nicht meine Eltern! Es sind nur Imitate. Sie wurden ausgetauscht. Mein richtiger Vater, der Strafverteidiger, der Gerechtigkeitsfan, würde sich doch niemals brüsten, reiche Verbrecher zu beschützen und solche Klienten zu haben.

Meine Mutter war doch nie so eine hohle, blöde Ziege.

Wieso trägt sie kürzere Röcke als meine Schwester? Wieso malt sie sich so an? Wieso lacht sie so schrill?

Die Erklärung meines Vaters, sie sei wohl etwas spät in die Pubertät gekommen, klingt zwar witzig, ist aber nur ein Versuch der Aliens zu erklären, warum ihre Kopien nicht wirklich geglückt sind.

Sie versuchen, mich auch zu einem der Ihren zu machen. Der Psychologe, zu dem sie mich schicken wollen, ist ihr Umprogrammierer.

Aber da haben sie sich geschnitten! Nicht mit mir! Ich will meine richtigen Eltern zurückhaben!

Vermutlich haben sie meine Schwester auch schon umgedreht. Vielleicht sind sie in ihren Körper gekrochen und haben sich ihrer bemächtigt. Ich habe so was mal auf RTL gesehen. Jetzt verstehe ich. Das war nicht nur ein schrecklicher Horrorfilm, das war eine Warnung an die Menschen. Die Filmemacher haben uns die Wahrheit erzählt! Meine Eltern sind Mutanten.

Ich schreie ihn an: »Du bist nicht mein Vater!«, und ich hole das große Fleischmesser aus dem Messerblock, den er Mama zu Weihnachten geschenkt hat und der kaum genutzt wird.

Jetzt zeigt mein angeblicher Vater sein wahres Gesicht. Er springt auf, reißt den Stuhl hoch und hält ihn drohend wie eine Waffe zwischen uns beide.

»Leg das Messer weg! Leg sofort das Messer weg, Lukas!«

Meine Mutter schreit in Tönen, wie ich sie noch nie gehört habe. Es tut weh in den Ohren, es dringt hinein bis in meine Knochen. Sie soll aufhören. Aufhören!

Bevor sie jetzt beide auf mich losgehen, lasse ich

das Messer fallen und entschuldige mich bei ihnen. Ich fange sogar an zu heulen. Ich spüre, wie die Tränen über mein Gesicht laufen. Ich will wieder ein guter Sohn sein! Ich will aufhören mit all dem Mist! Ich werde in einen Sportverein gehen. Ich werde Tischtennis spielen wie meine Klassenkameraden. Ja, ich will mich für Sport interessieren, für Fußball, und natürlich werde ich mit meinem Vater das Golfspielen lernen.

Meine Eltern sitzen jetzt wieder friedlich bei mir und hören mir zu. Meine Mutter kocht einen Baldrian-Melissen-Tee für mich. Ich kann das Zeug nicht runterwürgen. Ich tue so, als ob ich wieder ihr lieber Junge werden würde. Dumm und angepasst. Einer, der von nichts etwas mitkriegt und keine Vorahnungen hat.

Aber ich beschließe, heute Nacht aufzustehen und ihnen die Hälse durchzuschneiden. Ich muss es tun. Die Welt steht am Rande eines Abgrunds.

Wo ich jetzt bin? Nun, sie nennen es ein Sanatorium. Es ist eine Art Gefängnis. Dahin bringen sie alle die, die ihr böses Spiel durchschaut haben. Gerade liefern sie wieder ein Mädchen ein. Sie ist nur ein wenig älter als ich. Sie hat versucht, sich totzuhungern. Ich kann das verstehen. Es ist ihr lieber, als den Aliens zum Opfer zu fallen.

Meine Eltern leben noch. Beziehungsweise die Personen, die sich für meine Eltern ausgeben. Sie besuchen mich. Ich lege keinen Wert darauf. Ich spreche nicht mit ihnen, solange ich hier gefangen gehalten werde. Meine Schwester würde ich gern einmal wiedersehen. Doch die kommt schon lange nicht mehr.

Es ist mir nicht gelungen, die Katastrophe aufzuhalten. Alles, was ich tun kann, ist zu versuchen, diese Aufzeichnungen hier herauszuschmuggeln. Es ist eine Art Flaschenpost. In der Hoffnung, dass sie jemand findet, der versteht …

MÖRDERISCHES KLASSENTREFFEN

Noch ekelhafter als dein Charakter, Bollmann, sind deine Zähne. Wie halb versunkene, vermoderte Grabsteine ragen sie aus deinem blutigen Zahnfleisch. Machen einen alten Friedhof aus deiner Mundhöhle.

Mein Gott, wie viele Jahre habe ich diesen schauderhaften Anblick ertragen? Und hinterher – im Traum – verfolgte mich dein Gebiss.

Wenn du deine dümmlichen Wortkaskaden über uns ausgeschüttet hast, begann dein Speichel zu brodeln wie das Innere eines Vulkans. Manchmal, in schlimmen Nächten, hat dieses Gebiss mich verschlungen. Wie eine Anakonda konntest du deinen Kiefer ausklinken und mich so ganz hinunterwürgen in die dunkle Kloake deines Körpers.

Noch lachst du. Aber nicht mehr lange. Deine letzten Stunden laufen ab. Los doch – amüsier dich. Ja, wink ruhig die Wirtin herbei. Bestell dir etwas zu essen. Deine Henkersmahlzeit. Keine Angst vor Pilzgerichten. Du wirst diese Nacht ohnehin nicht überleben.

Was hast du in der Tasche, Bollmann? Mit so einem Aktenkoffer geht kein Mensch zu einem Klassentreffen. Du hast irgendeine Schweinerei vorbereitet.

»Die Runde geht auf mich!«

Na klar, Bernt drängt sich mal wieder vor. Will uns wohl zeigen, wie gut es ihm geht.

»Kommt gar nicht infrage. Jetzt ist mal euer alter Lehrer dran. Schließlich habe ich euch seit zwanzig Jahren nicht mehr gesehen.«

»Aber Sie sind immer noch der Alte.«

Genau, Karin, und deshalb muss er sterben.

»Das will ich meinen. Ich habe euch auch etwas mitgebracht.«

Mach es nicht so spannend, Bollmann, komm, pack schon dein Aktenköfferchen aus.

»Eure alten Deutschhefte.«

Na bitte, das saß.

Peter sieht schon wieder aus wie damals. Ängstlich darauf bedacht, nicht aufzufallen. Mensch, Peter, du bist kein Schüler mehr. Wir sind erwachsene Menschen geworden.

Karin ist ja ganz verlegen. Wird sie ihm über den Mund fahren? Ja, los, Karin, mach du den Anfang. Sag ihm, dass er ein fieses Schwein ist und wir gekommen sind, um ihn ... Was soll denn die Flasche?

»Ja, ich habe – hoffentlich im Sinne aller – ein kleines Geschenk für Sie mitgebracht, Herr Dr. Bollmann. Das ist selbst gemachter Himbeerwein. Ich dachte, so etwas Selbstgemachtes ist doch immer schöner als ...«

Himmel, gleich fängt sie an zu stottern.

»Das ist doch kein Grund, rot zu werden. Hahaha. Um zu zeigen, dass ich nicht bestechlich bin, fangen wir jetzt mal mit Ihrer Arbeit an, Frau Karin Will.«

»Meistermann, bitte. Ich heiße jetzt Meistermann.«

Richtig. Widersprich ihm. Lass dir nichts gefallen.

»Dann haben Sie den Schnösel also doch genommen. Ich dachte es mir. Hoffentlich verwalten Sie das Haushaltsgeld. Rechnen konnte Meistermann noch nie.«

Warum lacht ihr denn alle so blöd über seine Unverschämtheiten?

Und dann dieses Gebiss! Warum gehst du nicht mal zum Zahnarzt? Heutzutage muss doch keiner mehr so rumlaufen. Macht es dir Spaß? Willst du so widerwärtig aussehen? Einheit von Inhalt und Form – hast du immer gepredigt. Oder bist du nur zu ängstlich? Zu schmerzempfindlich? Ach, wahrscheinlich bist du einfach nur zu geizig.

Jetzt liest er Karins Deutscharbeit vor. Und ihr – ihr glotzt dumm in eure Biergläser. Sauft aus Verlegenheit. Warum haut ihm keiner die Brille vom Ohr?

„Wir haben es hier mit dem denkwürdigen Versuch der Frau Karin Will – Entschuldigung – Meistermann zu tun, die Anfänge des Detektivromans in den Erzählungen von Heinrich Kleist nachzuweisen. Ich zitiere: ›So liegt es nicht offen auf der Hand, warum die Rache des Michael Kohlhaas am Kurfürsten von Sachsen noch über den Tod hinausreicht.‹

Hört, hört! ›Weshalb‹ – so fragt Frau Meistermann, ›empfängt der Mann, von dem die Marquise von O. annehmen muss, er sei an ihr zum Teufel geworden, am Schluss nicht nur Vergebung, sondern Liebe?‹«

Was ist aus euch geworden? Er ist doch noch das gleiche fiese Schwein wie damals. Habt ihr das vergessen? Martin! Peter! Bernt! Karin! Wir wollten ihn umbringen. Töten!

Und jetzt? Ihr hofiert ihn, kraucht ihm hinten rein, wie einst in der Schule. Karin macht ihm sogar ein Geschenk. Dabei war sie wild entschlossen. Sogar einen Eid hat sie geschworen, wie wir alle:

WIR WERDEN DICH TÖTEN, BOLLMANN. DU SOLLST FÜR DEINE TATEN BEZAHLEN. WENN DU DENKST, ES SEI ALLES VERGEBEN UND VERGESSEN. ZWANZIG JAHRE AUF DEN TAG GENAU NACH UNSERER ABSCHLUSSPRÜFUNG WERDEN WIR KOMMEN UND DICH FÜR ALLE DEINE GEMEINHEITEN ZUR RECHENSCHAFT ZIEHEN. UNSER URTEIL LAUTET: TOD!

Ich kann es nicht glauben, dass ihr das vergessen habt. Oder hat Karin am Ende ihren Schwur schon wahr gemacht mit ihrem selbst gemachten Himbeerwein ...

Sie war schon immer gründlich. Für den Fall, dass wir alle abspringen, satt und feige geworden sind, hat sie den Schwur erfüllt. Respekt, Karin. Ich habe dir unrecht getan.

Obwohl, vergifteter Wein ist mir zu einfallslos. Bollmann soll genau wissen, von wem er umgebracht wird und warum. So hatten wir es beschlossen. Wir sagen es ihm vorher.

Ja, ich will seine Angst sehen. Einmal im Leben will ich sehen, dass er Angst hat. Wie eine Befreiung wird es sein ... Mein Gott, wie oft habe ich in all den Jahren davon geträumt? Einmal war ich drauf und dran, einfach hinzufahren und es zu tun ...

»Ey, Jens! Was ist? Pennst du?«

Pack mich nicht an, Bernt. Ich konnte diese kameradschaftliche Schulterklopferei noch nie ausstehen.

Ich penne nicht. Im Gegenteil. Ich beobachte euch. Ich sehe euch vergrößert. Wie damals, in Bio, die Insekten unter dem Mikroskop.

»Jens Lange – immer noch wie damals. Ich sehe ihn immer noch hinten in der letzten Bank sitzen. Wortkarg sagt man heute ja wohl. Aber man meint noch immer: mundfaul. Der große Schweiger. Ja schriftlich – schriftlich fast ein Genie, aber kriegt den Mund nicht auf.«

Warum lache ich Idiot jetzt, statt ihm eins in die Fresse zu hauen? Es ist noch zu früh. Noch sind zu viele von den anderen dabei.

Aber am Ende, Bollmann, da werden nur wir sechs übrig bleiben. Karin, Martin, Bernt, Peter, du und ich. Wenn die anderen längst besoffen im Bett liegen. Dann bist du dran.

Trotzdem, scheiß auf die anderen. Jetzt sage ich es ihm. Wenn ich es nur mit aller Kraft versuche, wird es schon klappen. Tausendmal habe ich dir in Tagträumen die Frage gestellt. Und jetzt? Warum ist mein Mund so trocken? Erst noch ein Schluck Bier. So. Jetzt geht's.

»Warum ... warum haben Sie mich damals in die mündliche Prüfung genommen? Wo Sie doch genau wussten, dass ich ...«

Scheiße. Mein Speichel. Ich habe keinen Speichel mehr im Mund.

»Dass Sie versagen würden, Lange. Nennen Sie es ruhig beim Namen.«

»Aber das brauchen wir doch heute nicht mehr zu diskutieren. Ich meine, es ist immerhin zwanzig Jahre her.«

Fall mir nicht in den Rücken, Martin. Bitte, nicht jetzt. Siehst du nicht, wie ich mich abstrample?

»Ja, nun reden Sie schon, Lange. Oder haben Sie es immer noch nicht gelernt?«

»Ich ... ich ...«

Ich bringe es einfach nicht raus. Immer noch nicht. Leute, lasst mich nicht hängen!

»Ich will Ihnen sagen, was Ihr Problem war – vermutlich noch ist: Sie können nicht frei sprechen. Oh ja, Sie wissen alles. Sie sind ein wandelndes Lexikon. Geradezu bewundernswert. Aber sobald Sie vor vielen Menschen sprechen sollen, breitet sich in Ihrem Kopf eine kaum zu glaubende Leere aus. Finsternis.«

Ja, ja, ja!

»Also, für mich wird es Zeit. Ich muss gehen.«

Ja, los, haut ab, damit wir endlich abrechnen können. Haut ab!

»Ja, seid bitte nicht sauer. Ich muss auch. Mein Heimweg ist weit.«

Na endlich. Allgemeiner Aufbruch. Glotz nicht so, Bollmann. Und mach den Mund zu.

Karin. Bitte hilf mir. Bitte, Karin. Sprich du für mich.

»Sie haben ja recht, Herr Dr. Bollmann. Aber warum haben Sie Jens dann im Mündlichen drangenommen? Er hatte doch schriftlich längst bewiesen, dass er ...«

Danke, Karin. Danke.

»Sie haben bei mir die Reifeprüfung abgelegt! Ist einer reif, der rote Ohren bekommt, wenn er vor anderen Leuten sprechen soll? N e i n! Wem nutzt es, wenn er theoretisch alles weiß, es aber nicht herauskriegt?«

Ich krieg es raus. Und wenn ich dabei verrecke.

»Das war ungerecht von Ihnen. Sie haben mir ... Sie haben mir den Durchschnitt versaut. Aber viel schlimmer war ... Sie haben mir die Selbstachtung geraubt. Ihre Gnadenlosigkeit hat mich stets verfolgt.«

Ich hab es geschafft. Ich hab es geschafft. Schüttel nicht so ablehnend den Kopf, Bernt. Du weißt genau, dass ich recht habe. Du willst dich nur bei Bollmann anbiedern.

»Also, ich verdanke Ihnen vieles, Herr Dr. Bollmann. Bei Ihnen haben wir wenigstens etwas gelernt. – Frau Wirtin, noch mal das Gleiche! – Der Piese, zum Beispiel. Der war immer freundlich und nett. Den hatten alle gern. Fünfen kannte der gar nicht. Und – seid doch mal ehrlich! Weiß denn noch einer eine chemische Formel auswendig?«

Mensch, Martin. Dabei hattest du den perfekten Plan. Aber du spielst nur – hm, willst, dass er sich in Sicherheit wiegt.

»Oder ist gar einer von Ihnen Chemiker geworden?«

Lacht doch nicht alle so kindisch. Was war an seiner Bemerkung witzig? Was?

»Mir hat der harte Unterricht von Herrn Dr. Bollmann genutzt. Ich leite jetzt einen Betrieb mit zweihundert Mitarbeitern. Da kann ich auch nicht immer den netten Onkel spielen. Bei mir wird – so hart das klingt – nach Leistung gesiebt. Jawohl! Ganz wie damals bei Ihnen, Herr Dr. Bollmann.

Du warst schon immer ein Angeber, Martin. Und warum schwitzt du so, Bernt? Du verheimlichst uns etwas.

»Also, ich bin Kommissar geworden. Und ...«

Na bitte. Vermutlich hat er seine Verhörmethoden bei dir gelernt, Bollmann.

»So systematisch, wie Sie jeden Schummelversuch aufgedeckt haben, könnten Sie glatt ein Lehrbuch für die Kripo schreiben ...«

»Täuschungsversuch! Täuschungsversuch muss es heißen. Schummeln klingt so harmlos. In Wirklichkeit handelt es sich aber um Betrug.«

Oje. Jetzt zeigt Peter schon auf, bevor er spricht. Natürlich – Bollmann nimmt ihn sogar dran.

»Wie sind Sie uns eigentlich damals draufgekommen? Ich hab das nie kapiert. Woher wussten Sie, dass wir das Aufsatzthema vorher kannten?«

»Ihr hattet einen Verräter unter euch.«

»Das glaub ich nicht.«

Genau, Karin. Das sagt er nur, um uns gegeneinander auszuspielen. Ja, davon verstehst du was, Bollmann. Du Schwein.

Und Bernt ist Kommissar geworden. Dann scheidet der ja wohl aus. Ob er sich überhaupt noch an unseren Plan erinnert? Er wirkt irgendwie so verkrampft, wie auf der Lauer. Will er die Sache doch noch durchziehen? Oder ist er halb dienstlich hier? Um den Mörder schon vor der Tat zu überführen? Nein, Bollmann, retten wird Bernt dich nicht. Dafür hat er dich zu abgrundtief gehasst.

Bernt war schon immer ein mieser Charakter. Er wird den Mord geschehen lassen und dann den Mörder verhaften. So hat er seine Rache und eine saubere Weste. Vermutlich bekommt er dafür auch einen Orden.

Dass du mal Karriere machen würdest, Bernt, war klar. Aber ich dachte, du wirst Finanzhai. Wucherer. Oder ganz einfach Betrüger. Jetzt arbeitest du für die Gegenseite.

Früher hast du immer Scheißbullen *gesagt. Viel-*

leicht hat Bollmann gerade nicht gelogen. Vielleicht warst du der Verräter. Hab mich sowieso immer gefragt, wie du an die Zwei in Geschichte gekommen bist. Ja, dir würde ich einen solchen Kuhhandel zutrauen. Dir, Bernt Jäger, und Bollmann ... ihr beide seid aus einem Holz.

»Was, schon halb zwölf? Da wird es für mich aber auch Zeit.«

»Aber Herr Bollmann. Ich habe gerade noch eine Runde bestellt. Wo wir uns so lange nicht gesehen haben.«

»Jetzt wird es gerade erst gemütlich ...«

Denk ja nicht, dass du dich jetzt verziehen kannst, Bollmann! Heute ist der Tag der Rache. Dein Todestag. Heute glühen deine Schweinebäckchen zum letzten Mal vor hinterlistiger Freude.

»Jetzt sind die anderen schon alle gegangen. Die alte Clique hängt wieder zusammen. Ich sehe euch noch wie heute vor dem Schultor stehen. Martin Roth, Peter Enger, Bernt Jäger, Karin Will und Jens Lange, der große Schweiger. So etwas gibt es heute kaum noch. Jeder Schüler kümmert sich nur noch um seinen eigenen Kram. Cliquen oder gar Banden sind völlig aus der Mode gekommen.«

Mensch, Peter, melde dich nicht immer. Das ist ja unausstehlich.

»Ja, die Erfahrung mache ich auch. Ich bin ja an einem Gymnasium. Die Vereinzelung der Schüler ist erschreckend ...«

Pauker bist du also geworden, Peter. Du liebe Güte. Ein Kommissar, ein Lehrer und ein Manager. Potenzielle Verräter, alle.

Wir haben damals nicht einfach aus Jux und Tollerei zusammengehalten. Wir waren eine Notgemeinschaft. Die Notgemeinschaft der Bollmanngeschädigten.

Wir sind gemeinsam sitzen geblieben. Und du, Bollmann, hast keine Gelegenheit ausgelassen, uns klarzumachen, dass wir in der neuen Klasse Fremdkörper waren. Versager. Und du konntest Versager nicht leiden. Deine grausame Offiziersmentalität verlangte im Grunde, dass ein Versager sich erschoss, statt die Schande des Sitzenbleibens zu ertragen. Ich kann deine kalte Verachtung noch heute spüren. Aber wir haben uns nicht umgebracht. Im Gegenteil, wir beschlossen, dich umzubringen.

Musst du endlos weiterreden, Bollmann?

»... und eigentlich habt ihr es mir zu verdanken. Ich habe euren Zusammenhalt gefördert. Was schweißt mehr zusammen als Druck von außen? Natürlich hätte ich euch damals alle versetzen können. Keiner von euch war schlecht. Aber ich ... ich wollte euch nicht abgeben.«

»Wie bitte?«

»Ich wollte euch als Schüler nicht abgeben. Ich wollte euch behalten. Eure alte Klasse wurde doch von Herrn Piese übernommen. Ich wette, aus keinem von denen ist was geworden. Ihr wart die besten eures Jahrgangs. Intelligent. Ausdauernd. Mit wachen, blauen Augen. Blond. Nordisch. Urdeutsch.«

Wenn du noch einmal aufzeigst, ballere ich dir eine, Peter.

»Wollen Sie damit sagen, dass wir gar nicht richtig sitzen geblieben sind?«

»Streng genommen war das meine Auszeichnung an die Besten. Ihr wart das ideale Menschenmaterial.

Bei Piese wärt ihr verweichlicht. Ich wollte euch hart machen. Zu Führungspersönlichkeiten. Das erreicht man nicht durch Gefühlsduselei. Nichts habe ich euch durchgehen lassen. Gar nichts.«

Das ist ja alles noch viel schlimmer, als wir dachten.

»Und was ist aus euch geworden? Ein Manager! Wie viele Leute haben Sie unter sich, Roth?«

»Über zweihundert.«

»Na bitte. Und Bernt Jäger. Ein Kommissar. Ich wette, dass Sie es bis zum Polizeipräsidenten bringen.

Karin Will – lassen Sie mich raten. Sie sind Chefärztin geworden, stimmt's?«

»Oberärztin – am Evangelischen Krankenhaus.«

»Oberärztin, na bitte. Und Sie verdienen mehr als Ihr Mann. Ist es nicht so?«

Warum ist dir das peinlich, Karin? Warum? Wir sind allein mit ihm. Wir könnten ... Guck nicht so betreten auf die Tischdecke. Er ist hier der Angeklagte. Nicht wir.

»Meistermann war der geborene Verlierer. Es gibt im Leben Gewinner und Verlierer. Er war ein Verlierer. Im Grunde hatte ich gehofft, wenn ich das Pärchen trenne, verflüchtigt sich diese Liebesgeschichte. Insgeheim habe ich gehofft, Sie würden ein Auge auf Martin werfen …«

»Heißt das, Sie haben Meistermann versetzt, damit er und Karin auseinander…«

»Also, ich bin jetzt fertig.«

»Ihr habt mich damals gehasst. Ich weiß. Ich war zu euch strenger als zu allen anderen, aber jetzt seid ihr mir dankbar. Stimmt's?«

»Ich kann jetzt einen Schnaps vertragen.«

Dein Glück, dass du nicht aufgezeigt hast, Peter.

»Gute Idee. Ich gebe einen aus. Für alle? Frau Wirtin! Sechs Klare!«

»Für mich bitte nicht.«

Tja, Karin, das ist dir auf den Magen geschlagen, was?

»Ach was. Bringen Sie sechs Klare. Die Sache muss runtergespült werden.«

Und jetzt befiehlt er dir sogar, Schnaps zu trinken, obwohl du keinen willst.

»Wenn Sie so ehrlich zu uns sind, Herr Dr. Bollmann, dann können wir ja auch …«

»Martin! Du willst ihm doch nicht etwa alles erzählen?«

»Warum nicht?«

»Ja, was denn, nun aber raus mit der Sprache. Ich werde euch schon nicht die Köpfe abreißen.«

Jetzt bist du reif, Bollmann. Die alte Wut ist wieder da. Du hast mit uns gespielt, als wären wir keine Menschen, sondern Schachfiguren. Du hast Gott gespielt. Du Schwein.

Ich weiß, warum du mich nicht gefragt hast, was ich geworden bin. Du hattest Angst vor meiner Antwort. Bei mir ist deine unmenschliche Erziehung gescheitert. Ich bin ein Versager geworden. Jawohl. Beruflich, menschlich, auf allen Ebenen. Ich habe keinen Erfolg. Nicht mal Freunde habe ich, und meine Ehefrau hat mich höchstens aus Mitleid genommen.

Ich bin Hausmann geworden. Kannst du dir etwas Schlimmeres überhaupt vorstellen, Bollmann? Ein Mann, der den Haushalt macht, während seine Frau im Supermarkt das Geld verdient?

Ich bin es aus Protest geworden. Ja, jetzt weiß

ich das. Aus Protest gegen dich, Bollmann, weil ich wusste, dass du es hassen würdest. Und jahrelang dachte ich, ich sei nur zu menschenscheu für einen normalen Beruf.

»Ey, hörst du überhaupt zu, Jens?«

»Hm.«

»Also, dann sag ich erst mal meinen Schülern *Prost!*«

Okay. Die Tassen hoch. Alles hört wieder auf dein Kommando, Bollmann.

»Ah, das tat gut. So, und jetzt die Stunde der Wahrheit. Was habt ihr damals ausgeheckt? Erzählen Sie mal, Roth.«

»Wir, ja, wie soll ich das sagen? Also, wir ...«

Nun los, raus mit der Sprache. Sag es ihm. Du kannst das. Stell dir einfach vor, er wäre einer von deinen zweihundert Mitarbeitern.

»Wir beschlossen, Sie umzubringen.«

Na siehst du, klappt doch, Martin. Nur Mut.

»Ja, und zwar allen Ernstes.«

Nun lächelst du aber gequält, Bollmännchen. Echt künstlich.

»So sauer seid ihr auf mich gewesen? Ist ja köstlich.«

Das Lachen wird dir vergehen.

»Wir waren damals wild entschlossen.«

»Wie wolltet ihr es denn machen? Ich meine, hattet ihr einen richtigen Plan?«

»Oh ja, mehrere.«

»Schießen Sie los. Woran sind Sie gescheitert? Ich lebe ja noch!«

Bollmann nimmt die Sache nicht ganz ernst. Erzähl sie nicht wie einen Männerwitz, Martin. Am Ende der Geschichte soll kein gemeinsames Lachen stehen, sondern eine Hinrichtung.

»Wir haben abwechselnd Ihr Haus beobachtet. Ihre Gewohnheiten registriert. Zunächst wollten wir Ihren Rasenmäher unter Strom setzen. Das wäre ein Leichtes gewesen. Sie sind sehr unvorsichtig mit dem Ding umgegangen. Wundert mich, dass Sie überhaupt noch leben. Sie sollten besser keinen elektrischen Rasenmäher benutzen. Besonders nicht, wenn die Wiese noch feucht ist ...!

»Und warum habt ihr das nicht gemacht? Ich meine, den Rasenmäher unter Strom gesetzt? Sie hätten das doch hingekriegt, Roth, oder?«

»Klar ...«

»Und skrupellos genug waren Sie auch, oder?«

»Und ob er das war!«

»Wir hatten Angst, dass vielleicht Ihre Frau an dem Tag ...«

Die Angst hattest du, Karin. Wir anderen hingegen ... Ja, sag es ihm, Peter. Aber lach nicht dabei. Verharmlose es nicht.

»Das war noch nicht alles. Wir fanden damals, dieser Tod sei – nun ja – nicht schlimm genug. Ja, so komisch das klingt. Als Nächstes planten wir, Sie freitags nachts zu packen. Sie haben jeden Freitag Skat gespielt. Vor eins, halb zwei kamen Sie nie nach Hause.«

»Das halte ich heut noch so.«

Jetzt bist du erschrocken, Bollmann. Komm, gib es zu. Du hast Angst. Spiel uns nicht den coolen Mann vor.

»Sie waren dann immer – verzeihen Sie, wenn ich das so salopp sage –, Sie waren sturzbesoffen.

Dabei nahmen Sie immer die Abkürzung durch den Park. Dort wollten wir Ihnen auflauern und – und Sie gemeinsam erschlagen.«

»Frau Wirtin, noch eine Runde!«

Das hilft dir nicht, Bollmann.

»Aber die Gefahr, dabei erwischt zu werden, war Ihnen zu groß. Stimmt's?«

»Wieso, nachts im Park ...«

»Wo bleibt Ihr analytischer Verstand? Nicht ohne Grund hieß der Park *Knutsch- und Knetgelände.* Da trieben sich nachts mehr Pärchen in den Büschen herum als Maikäfer. Und so eine Sache ist nicht lautlos zu bewerkstelligen. Ich hätte geschrien, mich gewehrt.«

Du kriegst wieder Oberwasser. Unmöglich, aber wahr. Wir sind wieder in einer Prüfungssituation. Bollmann verteilt Noten für unsere Mordpläne.

Diesmal werden wir mit Auszeichnung bestehen. Warte es nur ab.

Los, Peter, mach ihm Angst. Er soll sich fürchten. Auch wenn er das Notengeben nicht lassen kann.

»Dafür hätten wir keine Probleme gehabt, Ihre

Leiche loszuwerden. Wir hätten Sie einfach in den Karpfenteich ...«

»So vehement, wie Sie den Vorschlag verteidigen, Herr Peter Enger, muss ich annehmen, dass er von Ihnen stammte.«

»Genau.«

»Und warum habt ihr es nicht gemacht?«

Täusche ich mich oder wird dein Mund trocken, Bollmann? Ist da ein ängstlicher Unterton?

»Weil es zu spät war.«

»Zu spät ...«

»Wir waren noch Jugendliche. Wir wohnten alle noch bei den Eltern. Es wäre aufgefallen, wenn wir alle erst frühmorgens nach Hause gekommen wären.«

»Da hattet ihr mehr Angst vor den Eltern als vor der Polizei ... Ist ja köstlich.«

Amüsier dich nur, Bollmann.

»Da war die Sache mit dem Flüssigbeton schon intelligenter.«

Ja, Karin, erzähl! Aber lass dich von Bollmann nicht verunsichern.

»Sie haben damals fast jeden Tag nach der Schule in diesem Hobbykeller herumgewuselt. Wir hörten immer die Bohrmaschine. Sie wissen, welchen Kellerraum ich meine – den kleinen, mit dem Fenster zur Straße hin. Dort wollten wir mit einem Lkw voll Flüssigbeton parken und durch das Fenster den Raum vollschütten. Martin hatte schon genau ausgerechnet, in welcher Geschwindigkeit der Keller voll gewesen wäre und wie viel Flüssigbeton wir brauchten.«

»Trotzdem war der Plan Quatsch.«

»Warum? Er war perfekt.«

»Na, weil ich einfach den Raum verlassen hätte, sobald die ersten Zentner Flüssigbeton ...«

»Irrtum, Herr Dr. Bollmann. Sie wären nicht mehr herausgekommen.«

»Warum nicht?«

»Martin hatte den Einfallswinkel genau berechnet. Der Betonstrahl wäre gegen die Tür gedonnert und hätte jeden Fluchtversuch unmöglich gemacht.«

»Interessant ...«

»Außerdem hatte der Plan noch andere Vorteile.

Sie wären nicht so schnell hinüber gewesen. In den äußersten Winkel hätten Sie sich verkrochen. Und wir hätten durchs Fenster zugesehen. Das war uns wichtig. Sie sollten wissen, wer Sie umbringt.«

»Aber das Fenster. Ich wäre durchs Fenster entkommen.«

»Unmöglich.«

»Warum?«

»Erstens füllte die Rutsche für den Flüssigbeton das kleine Fenster fast aus, zweitens standen wir da. Sie wären nicht entkommen. Wir wollten es mittwochs machen, nach vier, wenn Ihre Frau zum Friseur ...«

»Massage. Zur Massage ging sie immer. Aber ich lebe ja noch. Wie bin ich entkommen, Roth?«

»Alles lief planmäßig. Ich hatte einen Ferienjob in einer Baufirma bekommen. Ich lernte, mit einem Flüssigbeton-Lkw umzugehen. Ich fand eine Möglichkeit, an so ein Fahrzeug heranzukommen, aber dann ...«

»Was aber? Welcher Umstand rettete mir das Leben?«

Jetzt prustet Martin los, als sei alles nur ein Scherz. Ohne deine Schusseligkeit hätten wir es damals schon geschafft. Dann wäre mein Leben anders verlaufen.

»Ich flog raus. Sie haben mich fristlos entlassen, weil ich zweimal morgens zu spät kam. Und als ich patzig wurde, bekam ich sogar Hausverbot.«

»Also, das ist bestimmt das interessanteste Klassentreffen, das ich je erlebt habe. Aber jetzt muss ich wirklich gehen. Schließlich will ich morgen nicht auch zu spät kommen.«

»Kommt gar nicht infrage. Sie bleiben. Jetzt erzählen wir Ihnen die Geschichte ganz.«

Richtig, Peter. Werde hart. Lass ihm keine Möglichkeit. Er weiß jetzt, dass es aus ist.

»Ach, zapfen Sie uns doch noch eine Runde, Frau Wirtin.«

»Das ist dann aber die letzte.«

»Zum Glück haben wir ja noch den Himbeerwein.«

»Nein! Der ... der ist ein Geschenk für Herrn Dr. Bollmann!«

Also doch. Der Wein ist vergiftet. Aber ich hätte dich für klüger gehalten, Karin. Jeder weiß sofort, dass du ihn vergiftet hast ... Obwohl ... du bist ja Ärztin. Hast du vielleicht ein Mittel in den Wein gemischt, das später nicht nachzuweisen ist? Beifall. Stehender Applaus, Frau Doktor. Aber er wird nicht mehr dazu kommen, den Wein zu trinken, denn keiner von uns hat unser Vorhaben vergessen. Ja, da staunst du, was, Bollmann? Läuft dir schon der Angstschweiß den Rücken runter? Diesmal bist du dran. Warte nur, bis du die ganze Geschichte kennst.

»Für mich wird es Zeit ... Sie haben bestimmt Verständnis, wenn ich jetzt ...«

»Nein, haben wir nicht.«

»Das – das klingt ja nach Freiheitsberaubung.«

»Was war es denn gewesen, wenn wir nachsitzen mussten ...«

»Das kann man doch nicht vergleichen.«

»Stimmt. Uns hat dabei keiner einen ausgegeben.«

»Und was sagt der Herr Kommissar dazu?«

»Ich bin heute nicht im Dienst. Außerdem ist die Polizei Sache der Landeshoheit, und ich bin hier nicht ...«

»Na gut, das eine Bier noch ...«

Ha, jetzt resigniert er. Karin, warum guckst du mich so an? Ich kann jetzt nicht reden. Ich würde nur ...

»Die Sache mit Jens wollen wir Ihnen noch erzählen. Und dann reicht es. Nein, willst du es selbst erzählen, Jens?«

Nein, bitte nicht.

»Ach ...«

»Also gut. Erzähle ich es. Jens war doch damals gerade Stadtmeister im Bogenschießen geworden. Er war Spitzenklasse, das muss man wirklich sagen. Jeder Pfeil saß. Mit einer tödlichen Genauigkeit.

Es war Sommer, und Sie hatten die Vorliebe, spätabends noch auf der Terrasse zu sitzen und zu lesen. Jens behauptete, er könnte von der Mauer des gegenüberliegenden Grundstücks aus einen Pfeil genau durch Ihren Hals jagen. Er selbst wäre auf der Mauer völlig im Dunklen gewesen, während

Sie immer die Tür aufließen. So fiel ein Lichtkegel aus dem Wohnzimmer auf Sie. Sonst hätten Sie ja gar nicht lesen können.«

»Aber auch die Sache hatte einen Haken, oder?«

»Ja, leider. Man hätte Jens sofort gehabt. Es gab nur ein paar perfekte Bogenschützen, und von allen Bogenschützen der Stadt hatte nur einer ein erkennbares Motiv: der sitzen gebliebene Schüler des Opfers.

Überhaupt scheiterte an dieser Überlegung alles. Man wäre sofort auf uns gekommen. Wenn ein Lehrer ermordet wird, nimmt man bestimmt seine ältesten Schüler kurz unter die Lupe, und schon wären wir reif gewesen. Die Verbindung zwischen Ihnen und uns lag zu klar auf der Hand. Und darum haben wir uns entschlossen ...«

»So, ich finde, jetzt reicht es.«

Mensch, Karin, jetzt können wir nicht aufhören. Das müssen wir jetzt zu Ende bringen.

»Jetzt spielt es auch keine Rolle mehr. Also, wir entschlossen uns, den ganzen Plan zu verschieben. Bis es zwischen Ihnen und uns keine auf Anhieb erkennbare Verbindung mehr geben würde. – Wir verschoben den Plan um genau ... zwanzig Jahre.«

Nun haben wir ihn so weit. Er zittert. Bangt um sein bisschen Leben. Bollmann, das Schwein, wird zur Schlachtbank geführt.

»Das ist doch ... Also, jetzt haben Sie mir aber einen Schrecken eingejagt. Lassen Sie mich mal durch, Roth.«

»Warum?«

Bleib sitzen, Martin. Lass ihn nicht durch. Der haut sonst ab.

»Herrgott, ich muss zur Toilette.«

Ha, jetzt wird er ungehalten.

»Mitten im Unterricht? Das hat Zeit bis zur Pause. Vielleicht will er heimlich eine rauchen?«

»Äffen Sie mich nicht nach, lassen Sie mich durch!«

»Lass ihn schon durch, Martin.«

Bernt, der Verräter. Selber ein Scheißbulle.

»So tun Sie doch, was er sagt, Roth. Ich mache mir ja sonst in die Hose.«

Jetzt. Jetzt sage ich es. Ich forme die Silben:

»Ich geh mit ...«

Haha. Da zittern die Knie, was, Bollmännchen? Hier kommst du nicht lebend raus, kapiert? Versuch nicht, zum Telefon zu kommen. Ich bin sowieso schneller. Ja, brav an die Pissrinne. Und nun lass das Angstwasser fließen.

»Verdanke ich es Ihnen, Lange, dass ich überhaupt austreten durfte, oder sind Sie am Ende als mein Bewacher mitgekommen? Mensch, Jens Lange ... Wie auch immer, ich danke Ihnen jedenfalls. Ich weiß, dass sich hinter Ihrem Schweigen immer ein guter Mensch versteckt hat. Nicht wahr?«

Rede du ruhig. Quatsch, so viel du willst. Du sitzt in der Falle. Du hast es längst kapiert. Heute ist Zahltag. Dies ist kein Klassentreffen, sondern ein Tribunal.

»So sagen Sie doch etwas, Lange. Müssen Sie am Ende gar nicht? Sie stehen nur hier und starren mich an. Das ist mir direkt unangenehm.«

»Wenn Sie fertig sind, können wir ja wieder zu den anderen gehen.«

Komisch, plötzlich kann ich reden.

So, da sind wir wieder. Der Gefangene ist mir nicht entwischt.

Wo werden wir es tun? Was ist, Bernt, willst du eine Rede halten? Du guckst so ernst. Fast traurig. Mensch, wir haben ihn!

»Ja, wenn ich ehrlich sein soll, also Leute, ich bin schon mit gemischten Gefühlen hierhergekommen. Man konnte ja nicht wissen, ob vielleicht wirklich noch einer an dieser Idee hängt. Immerhin haben wir alle damals einen Eid geleistet.«

»Teil eins davon haben wir schon erfüllt.«

»Hä? Was meinst du, Karin?«

»Nun, wir wollten ihm doch alles erzählen, das haben wir damals beschlossen. Erst erzählen wir ihm alles, bevor wir ...«

»Jetzt trinken wir noch einen gemeinsam, und dann fahren wir alle brav nach Hause.«

Das rettet dich nicht, Bollmann. Nichts rettet dich noch.

»Sie haben Angst, dass wir es doch noch machen.«

»Unsinn ... Roth ... ich ...«

»Ich bin gekommen, um es notfalls zu verhindern.«

Bernt, du Schwein. Also doch.

»Und zu dem Zweck hast du deine Dienstwaffe mitgebracht?«

»Ja, Karin. Woher weißt du ...?«

»Bevor die Sache jetzt entgleitet, werde ich zahlen und ...«

»Für mich wird es auch Zeit. Kann mich einer zum Bahnhof mitnehmen?«

Ey, Martin, spinnst du?

»Ja, ich.«

Aber Karin – wollt ihr denn nicht ...?

»Kannst du noch fahren, Karin?«

»Jawohl, Herr Kommissar. Außerdem untersteht die Polizei – wie du vorhin sagtest – der Landeshoheit. Oder möchtest du heute noch zu gern jemanden verhaften?«

»Warum seid ihr auf einmal so gemein zu mir?«

»Ich verabschiede mich auch.«

Peter – ja, aber, bin ich denn alleine?

»Also, wenn jetzt plötzlich alle gehen ...«

Ja, Bernt, hau ruhig ab, du Verräter. Wie schnell sie in die Mäntel huschen. Haben Angst vor sich selbst. Laufen vor sich selbst davon.

»Dann sind wir beide wohl die Letzten. Sie haben ja mal wieder den ganzen Abend nichts gesagt. Immer noch ganz der Alte, was?«

»Hm.«

»Müssen Sie auch heute Abend noch zurück?«

Fang jetzt bloß nicht an zu stottern. Nicht jetzt.

»Ich ... ich wollte eigentlich noch einen trinken.«

»Wissen Sie was, wir fahren einfach noch auf einen Schluck zu mir. Meine Frau ist sowieso nicht da. Wir haben sturmfreie Bude. Sie können bei mir schlafen. Ich habe ein Gästezimmer. Das ist schon ewig nicht mehr benutzt worden. Also, ich würde mich freuen.«

»Ja, meinetwegen. Wenn es Ihnen nichts ausmacht.«

»Gut, abgemacht. Nehmen wir uns ein Taxi und fahren zu mir. Oder sollen wir zu Fuß gehen? Durch den Park, in dem Sie mich beinahe ... ein Glück, dass Ihre Eltern so streng waren. Zwischendurch dachte ich heute Abend schon einmal, Sie könnten es alle ernst meinen. Mir wurde schon ein bisschen unheimlich. Aber jetzt trinken wir bei mir zu Hause einen auf den Schrecken. – Oh, jetzt hätten wir doch fast den selbst gemachten Himbeerwein vergessen ...«

DIE SEELE DES FORD SIERRA

Als mein Vater starb, hat er mir nicht viel hinterlassen. Ich dachte zunächst, das Haus und die kleine Autowerkstatt würden uns gehören und ich könnte darin wohnen bleiben. Das war aber ein Irrtum. Das Haus gehörte im Grunde der Bank, und die wollte es zurückhaben, weil ich die Hypothekenzinsen natürlich nicht zahlen konnte. Ich war dreizehn und fühlte mich verdammt alleine.

Meine Mutter war immer noch mit diesem Schleimer zusammen, für den sie uns verlassen hatte. Sie glaubte, ich würde jetzt zu ihr ziehen, aber ein Schlafplatz unter einer Brücke am Rhein-Herne-Kanal wäre mir lieber gewesen.

Wenn ich sah, wie dieser Typ seine Spaghettini mit weißen Trüffeln aß, hätte ich ihm eine reinhauen können. Ich hasste es, wie er ein Weinglas in die Hand nahm und zum Mund führte. Sein Rasierwasser verursachte bei mir Atemnot.

Meine Mutter bestand zwar offiziell darauf, dass ich ab jetzt bei ihnen wohnen müsste, doch ihre Körperhaltung signalisierte mir das Gegenteil. Der Frau vom Jugendamt habe ich – um nicht ins Heim zu müssen – erzählt, ich würde zu meiner Mutter gehen. Meiner Mutter habe ich stattdessen vorgelogen, das Jugendamt hätte einen tollen Heimplatz für mich.

In Wirklichkeit wohnte ich dann in Papas altem weißen Ford Sierra. Es machte mir nichts aus, auf den Sitzen zu pennen. Ich hatte eine Wolldecke, ein Kissen, und meine Sachen passten in einen kleinen Koffer und eine Sporttasche.

Im Auto fühlte ich mich nachts sicher, ja, geborgen. Es war, als ob mein Vater bei mir wäre. Er hatte immer mit sehr viel Liebe an dieser Kiste herumgeschraubt. Der Ford war für ihn nicht irgendein Auto, sondern er nannte ihn »Meine absolute Lieblingskutsche«. Wenn er ihn startete, streichelte er vorher liebevoll übers Armaturenbrett und sprach mit dem Wagen.

Viele hielten meinen Vater für einen Schwachsinnigen, das war er aber nicht. Er war ein guter Kerl, einer, der Autos nicht nur reparierte, sondern mit ihnen redete und zu ihnen eine geradezu persönliche Beziehung pflegte. So hatte er sich einmal geweigert, an einem Renault Megane herumzuschrauben. Er behauptete, der Wagen hätte was gegen ihn.

Während bei uns im Haus bereits eine neue Familie einzog, wohnte ich also an der Straßenecke unter der Linde im alten Sierra. Ich konnte abends am Haus vorbeigehen und zu den Fenstern reinschauen. Wie warm das Licht darin wirkte! Die neuen Bewohner konnten es mir nicht recht machen. Einerseits ärgerte ich mich darüber, dass sie unsere alten Möbel drin stehen ließen und sie benutzten, als seien sie ihre eigenen, andererseits machte es mich rasend, wenn ich sah, dass sie eine alte Kommode aus dem Haus trugen und zum Sperrmüll brachten oder die Stühle in der Küche auswechselten.

Ich ging jeden Morgen pünktlich zur Schule, denn

natürlich war mir klar, dass die Erwachsenen mich nicht in Ruhe lassen würden, wenn herauskäme, wie ich wirklich lebte. Meine Lehrer glaubten, dass ich bei meiner Mutter wohnte.

Ich machte im Auto meine Schulaufgaben, und zwar so gründlich wie noch nie zuvor. Wäsche zu waschen war kein Problem. Ich war es gewöhnt, den Waschsalon in der Josef-Büscher-Straße aufzusuchen, denn mein Papa konnte zwar Autos reparieren, aber Waschmaschinen oder Fernsehgeräte waren überhaupt nicht sein Ding. Kurz nachdem meine Mutter ausgezogen war, gab unsere Waschmaschine den Geist auf. Seitdem war es meine Aufgabe, alles in den Waschsalon zu bringen. Papa hat dann die Waschmaschine sogar an einen Kumpel verschenkt, der später erzählte, dass lediglich das Flusensieb verstopft gewesen sei.

Die neue Familie in unserem Haus hatte eine Superwaschmaschine mit integriertem Trockner. So etwas brauchte ich nicht. Ich war mit dem Waschsalon ganz zufrieden. Ein größeres Problem war die eigene Körperpflege.

Kurz nachdem meine Mutter sich in den blöden Typen verknallt hatte, also um meinen dreizehnten Geburtstag herum, hat mein Vater mir eine Zehnerkarte fürs Spaßbad geschenkt. Zweimal war ich dort duschen, aber ewig konnte das nicht so weitergehen. Spätestens wenn ich die Zehnerkarte verbraucht hatte, musste ich mir etwas Neues einfallen lassen.

Aber dann flog alles auf, bevor die Zehnerkarte leer war.

Irgendjemand musste mich verpfiffen haben. Entweder die Rothaarige aus der Imbissbude *Zur Scharfen Ecke*, die von allen nur *Zur Scharfen Eva* genannt wurde – die guckte immer so komisch, nur weil ich ab und zu dort zur Toilette ging, ohne etwas zu essen. Vielleicht hatte sie Verdacht geschöpft. Oder Herr Karl, der mit seinem fetten Pudel jeden Morgen Gassi ging und ihn an die Linde pinkeln ließ. Er hat zweimal an meine Fensterscheibe geklopft und mich gefragt, was ich denn da im Auto mache. Einmal hab ich geantwortet: »Sehen Sie doch. Ich brate mir hier einen Bären mit Senf.«

Er hat das sowieso nicht verstanden, weil er schwerhörig ist. Beim zweiten Mal hab ich ihn gefragt, ob er als Kind auch schon so dämlich ausgesehen hat. Er nickte freundlich, winkte und sagte: »Na, dann ist ja alles gut, junger Freund.«

Vielleicht tat er ja nur so, als ob er nichts verstehen würde, und hatte sich jetzt grausam gerächt. Jedenfalls standen plötzlich zwei Polizisten vor meinem Sierra. Sie sahen aus wie Dick und Doof, waren aber nicht ganz so lustig. Als Erstes nahmen sie mir den Schlüssel vom Ford ab.

Dick und Doof brachten mich zum Jugendamt. Ich wehrte mich mit Händen und Füßen. Ich wollte zur Schule, um die Mathearbeit nicht zu verpassen. Aber nein, alle Hinweise auf die Schulpflicht nutzten nichts. Die beiden schleppten mich in den dritten Stock von einem städtischen Bau. So stelle ich mir einen Atombunker vor, kurz nachdem der Dritte Weltkrieg vorbei ist. Grau, menschenleer, unheimlich und trostlos.

Die Frau vom Jugendamt wurde von allen nur »Torte« genannt. In Wirklichkeit hieß sie Kirsch.

Draußen an ihrer Bürotür auf diesem tristen Flur, gegenüber von dem Sitzbänkchen, klebte eine dreistöckige Plastikhochzeitstorte, wobei ich mir nicht sicher war, wovon sie mehr träumte – von einer Hochzeit oder der Marzipantorte.

Auf ihrem Schreibtisch standen zwischen Akten drei Kuchenteller. Einer war leer, und nur die Schokostreusel darauf verrieten, dass sie vor Kurzem davon gegessen hatte. Auf dem zweiten Teller stützte sich die Ruine einer Schwarzwälder Kirschtorte an einen vertrockneten Apfelkuchen. Von dem dritten musste sie Milchreis oder Grießbrei gegessen haben. Genau konnte ich diese Pampe nicht mehr identifizieren, denn sie hatte zwei Filterzigaretten darin ausgedrückt.

Sie sah mich kritisch an, als Dick und Doof mich in ihr Zimmer schoben. Sie nickte den beiden freundlich zu, stützte sich mit beiden Händen auf ihrem Schreibtisch auf und stemmte sich hoch. Sie kam zu mir, um mich zu begrüßen. Dann bat sie mich ganz kumpelhaft, doch bei ihr auf dem Sofa Platz zu nehmen. Sie hatte sich gerade einen Tee gekocht und fragte mich, ob ich auch gerne einen hätte. Aber ich konnte mich beherrschen.

Dann begann sie das Gespräch mit einem Blick auf die Uhr und der klugen Bemerkung, ich müsste ja jetzt eigentlich in der Schule sein.

»Das habe ich den beiden Komikern vom Trachtenverein auch gesagt«, konterte ich, kam aber nicht gut damit an. Frau Kirsch unterschrieb einen Zettel und Dick und Doof verzogen sich.

Und dann hatte Frau Kirsch jede Menge Fragen an mich. Wie lange ich schon in dem Auto leben würde. Warum ich nicht zu meiner Mutter wollte und all diesen Mist, der sie nichts anging. Sie meinte, ich könne ihr vertrauen, denn sie sei sozusagen rein berufsmäßig so etwas wie meine Freundin.

Ich suche mir, genau wie mein Vater, meine Freundinnen gerne selbst aus, und das sagte ich ihr auch.

Ich glaube, ich habe mich bei diesem Gespräch nicht sehr klug verhalten, denn als Ergebnis davon landete ich in einem Heim am Stadtrand. Es war ziemlich neu. Es sollte alles ganz normal aussehen. Hier gab es keine riesigen Schlafsäle, wie ich befürchtet hatte, sondern kleine Wohngruppen. Jeder hatte ein eigenes Zimmer. Es gab sogar einen Kicker, einen Fernsehraum und eine Tischtennisplatte, aber ich hatte trotzdem keine Lust zu bleiben.

In meinem Haus, dem Haus Strandläufer, wohnten acht Jungen. Der älteste war neunzehn, der jüngste elf. Schräg gegenüber im Haus Pelikan war die Mädchengruppe untergebracht. Gleich am ersten Abend erfuhr ich, hinter welchem Fenster Jacqueline wohnte, die bot nämlich das beste Fernsehprogramm. Sie öffnete das Fenster, spielte laute Musik und tanzte. Sie wollte später mal Stripperin werden, und sie wusste, dass nur Übung eine Meisterin macht.

Vor ihrem Fenster standen, so erzählten die anderen, früher Jungengruppen und klatschten Beifall, aber das wurde von den Erziehern unterbunden. Zweimal riefen sie sogar die Polizei, um die Jungs vom Gelände zu jagen. Wir vom Haus Strandläufer dagegen waren im Vorteil. Wir konnten uns ganz gemütlich auf die Terrasse setzen und ihr zuschauen.

Trotzdem wünschte ich mir abends im Bett, als ich allein war und die Wand anstarrte, meinen Ford

Sierra zurück. Ja, ich gebe es zu, ich heulte sogar am ersten Abend, und am liebsten wäre ich wieder abgehauen, um in meinem Auto zu schlafen. Das roch nach meinem Vater, und ich hatte das Gefühl, der Wagen passte auf mich auf. Ich weiß, das klingt bescheuert, aber so war es. Keine Sekunde hatte ich mich in diesem Auto so schutzlos gefühlt wie jetzt hier in meinem Bett. Es war für mich wie der Panzer, der eine Schildkröte umgibt.

Ich schlief erst gegen Morgen ein und wurde kurze Zeit später durch einen Gong geweckt, den unser Betreuer, Herbert mit der Glatze, dem fröhlichen Gesicht und dem Kugelbauch, schlug. »Aufstehen!«, frohlockte er, »aufstehen, Karriere machen!«

Na, wenn das keine schöne Art ist, geweckt zu werden, dachte ich.

Ich ging immer noch in die gleiche Schule, und auf dem Weg kam ich auch an unserem alten Haus vorbei. Darin stritt sich ein Pärchen. So ähnlich hatte es sich bei meinen Eltern angehört, kurz bevor meine Mutter auszog.

Als ich nach der Schule zum Strandläufer zurückkam, waren Dick und Doof schon wieder da. Angeblich hatte ich nämlich den Ford geklaut.

Tatsächlich parkte der Wagen direkt am Strandläufer, praktisch unter meinem Fenster. Aber trotzdem fand ich den Gedanken, ich hätte den Wagen gestohlen, etwas merkwürdig, denn erstens gehörte er mir, und zweitens wusste ich selber nicht, wie er zum Strandläufer gekommen war.

Unser Betreuer, Herbert Kugelbauch, redete mir ins Gewissen. Ich könne mir mit so einer Aktion das ganze Leben versauen, immerhin hätte ich keinen Führerschein. Zum Glück sei ja nichts passiert, aber wenn ich einen Unfall bauen würde, seien weder ich noch der Wagen versichert. Vermutlich war das alles pädagogisch sehr wertvoll, aber eben trotzdem schwachsinnig, denn ich hatte den Wagen keinen Meter gefahren.

Herbert griff sich mit beiden Händen in den Hosenbund und zog die Hose über den Bauch, dann beruhigte er Dick und Doof, man müsse das Ganze verstehen. Immerhin hätte ich einen schweren Verlust erlitten, zuerst dadurch, dass meine Mutter mich und meinen Vater verlassen hätte, und dann auch noch durch den Tod meines Vaters. Mein Elternhaus sei in fremden Besitz übergegangen, und dieses Auto sei nun schließlich das Letzte, was ich von meinem Vater hätte. Trotzdem sei es natürlich undenkbar, dass ich den Wagen behalten würde. Er müsse verkauft werden. Von dem Geld sollte ein Teil der Schulden meines Vaters beglichen werden.

Ich ließ das alles über mich ergehen und widersprach so wenig wie möglich, denn ich sah ein, dass meine Position unhaltbar war. Niemand wollte mir glauben. Erst als Herbert mich mit seinen treuen Hundeaugen ansah, die Hände über seinem Bauch faltete und mich bat, den Schlüssel herauszugeben, musste ich passen.

»Ich habe den Schlüssel nicht.«

»Aber wie hast du den Wagen dann hierhingefahren?«, fragte er. »Er wurde nicht kurzgeschlossen.«

»Keine Ahnung«, sagte ich.

Da ich keinen Schlüssel herausrückte, wurde mein Zimmer durchsucht und meine Wäsche umgegraben. Aber sie fanden nichts. Wie denn auch?

Jacqueline übte am Abend fast zwei Stunden, aber das heiterte mich nicht auf. Ich hatte andere Sorgen. Ich stellte mir die Frage, wie zum Teufel der Sierra vor mein Fenster gekommen war. Ich erinnerte mich an meinen Vater. Er hatte immer gesagt, ein Wagen hätte eine Seele und man müsse die Seele verstehen. Für ihn gab es auch seelenlose Autos, die mochte er überhaupt nicht. Er spürte es schon, wenn er sich einem Fahrzeug näherte. »Lass die Finger von der Kiste«, sagte er dann, »die hat keine Seele.«

Es kam mir fast so vor, als ob mein Vater in der Nacht zurückgekommen wäre und mir den Sierra vors Fenster gefahren hätte, um mir zu sagen, ich solle das Auto in Ehren halten. Es war so etwas wie sein letztes Vermächtnis.

Aber dreizehnjährige Jungen dürfen keine Autos besitzen. Zumindest nicht, wenn ihre Väter Schulden hinterlassen haben. Irgendjemand musste den Wagen hierhergebracht haben, und zwar jemand, der wusste, dass ich im Strandläufer wohnte. Einer von meinen Mitinsassen? Hatten sie sich einen Scherz mit mir erlaubt? Erkan war immerhin schon neunzehn und war hier, weil man ihn dreimal mit geknackten Autos erwischt hatte. Er wurde Mister 200 PS genannt, weil er sich immer nur an die wirklich schnellen Schlitten herangemacht hatte.

Ich fragte Erkan, aber er lächelte nur müde. Der Sierra war für ihn eine Schrottkiste. »Nur Idioten vergreifen sich an so etwas, da kann ich ja gleich auf der Müllhalde einbrechen und Abfall stehlen.«

Wenn Erkan nicht so groß gewesen wäre, hätte ich ihm vermutlich einfach eine aufs Maul gehauen. Aber ich wollte nicht noch mehr Schwierigkeiten, als ich ohnehin schon hatte.

Gegen meinen Willen sollte der Wagen verkauft werden. Er wurde für knapp tausend Euro annonciert, aber als Dick und Doof den Wagen wegfahren wollten, stellten sie fest, dass das gar nicht so einfach war. Zunächst bekamen sie die Tür nicht auf. Sie beschuldigten mich, Kaugummi oder »irgendeinen anderen Mist« ins Schlüsselloch gesteckt zu haben, aber daran war ich unschuldig.

Doof zerrte grob an der Autotür herum und schlug sogar zweimal dagegen. Ich nahm ihm den Schlüssel ab. Es machte mich richtig zornig zu sehen, wie sie mit dem Wagen umgingen.

Ich schob den Schlüssel ins Schloss. Er glitt völlig problemlos hinein und mit einem leichten Plopp sprang die Tür auf. Dick und Doof sahen sich an. Herbert lächelte und lobte mich: »Wer weiß, vielleicht wird aus unserem Felix ja mal ein begnadeter Automechaniker, so wie sein Vater einer war.«

»Ja«, zischte Dick zurück, ohne die Zähne dabei auseinanderzunehmen, »oder ein Autodieb. Schlösser kriegt er jedenfalls schon auf.«

Doof setzte sich hinters Steuer und wollte den alten Ford starten. Der sprang auch kurz an. Der Motor heulte gequält auf, der Wagen machte einen Satz und aus dem Auspuff knallte eine gelbgraue Wolke. Dann war der Motor aus.

So sehr sie sich auch abmühten, der Wagen sprang nicht mehr an. Erkan stand grinsend dabei. »Hab ich doch gleich gesagt. Eine alte Schrottkiste.«

Sie beschlossen, den Wagen stehen zu lassen. Wer immer ihn kaufen wollte, sollte ihn eben abholen.

So parkte der Ford Sierra weiterhin vor meinem

Fenster, und ich konnte jeden Kunden sehen, der ankam, um mein Auto zu begutachten.

Mein Betreuer Herbert übernahm die Verhandlungen mit den Interessenten. Er war zweifellos ein Spinner, aber eine ehrliche Haut. Nie hätte der mich übers Ohr gehauen, das war mir klar. Er erlaubte mir sogar noch ein paar Mal, im Sierra zu sitzen und Radio zu hören. Aber ich hatte trotzdem ein ungutes Gefühl bei der Sache.

Dann kam ein Pärchen. Die Frau war hochschwanger und er machte auf cooler Durchblicker.

Sie klemmte sich mit ihrem dicken Bauch hinter das Lenkrad und spielte an der Zündung herum. Sie tat, als würde sie den Wagen von innen genau inspizieren, in Wirklichkeit betrachtete sie ihre trockene Haut im Rückspiegel.

Er trat zweimal gegen jedes Hinterrad und bückte sich dann, um zu gucken, ob Rost heruntergefallen war.

Herbert sagte nichts, aber ich protestierte: »He, warum treten Sie gegen mein Auto?«

Er schüttelte seine Mähne. »Ich lass mich nicht reinlegen.«

»Und ich mag es nicht, wenn man gegen meinen Wagen tritt.«

»Hör mal, Kleiner, ich hab zwei Jahre bei einem Gebrauchtwagenhändler gearbeitet. Ich kenne alle Tricks.«

»Ach, und um zu zeigen, wie fachkundig Sie sind, treten Sie dann gegen mein Auto?«

»Ich hab nicht gegen das Blech getreten, sondern gegen die Reifen, um zu gucken, ob die Hinterachse ...«

Er machte einen Schritt zurück, blieb mit seiner Jeans an einer herausstehenden Ecke der hinteren Stoßstange hängen und strauchelte. Es hört sich komisch an, aber ich wäre bereit, es zu beschwören: Der Sierra machte einen Sprung nach vorn.

Er riss den werdenden Vater um. Er lag auf dem Boden und stöhnte. Sie stieg aus, hob die Hände und entschuldigte sich: »Ich habe nichts gemacht!«

Er pflaumte sie an, sie hätte den Wagen abgewürgt, aber sie wehrte ab: »Nein, nein, hab ich nicht. Ich hab ihn doch gar nicht angelassen. Ich weiß auch nicht, was passiert ist. Er ist plötzlich nach vorn gesprungen.«

Jetzt stand der junge Vater wieder aufrecht. Er drückte sich beide Handflächen in den Rücken und bog sich durch. »Na klar. Nach vorn gesprungen. Das ist doch kein Känguru, das ist ein Ford! Frauen und Autos«, sagte er und schüttelte den Kopf.

Herbert fragte: »Wollen Sie vielleicht eine Probefahrt machen?«

Das Pärchen funkelte sich an. Die werden bestimmt mal eine glückliche Familie, dachte ich.

Er stieg ein, sie verschränkte trotzig die Arme vor der Brust. Er wollte »nur mal eine Runde drehen«, aber der Wagen sprang nicht an.

»Ich kauf die Kiste nicht. Die kann man ja gleich verschrotten«, schimpfte er. »Wie lange hat die eigentlich noch TÜV?«

Herbert beeilte sich, mit der frohen Botschaft herauszukommen: »Anderthalb Jahre.«

»Wie haben Sie das denn geschafft, die Kiste heil durch den TÜV zu kriegen? Trotzdem, mehr als fünfhundert zahle ich dafür auf keinen Fall.«

»Das ist ein gutes Auto«, sagte ich. »Es ist nur sauer auf Sie, weil Sie es so mies behandeln.«

»Sauer auf mich, was?« Er tippte sich mit dem Zeigefinger gegen die Stirn.

»Ja«, fuhr die Schwangere dazwischen, »es will einfach besser von dir behandelt werden, genauso wie ich auch. Der Junge hat schon recht! Du benimmst dich immer wie der letzte Rüpel.«

Er sah echt wütend aus, streichelte aber das Lenkrad demonstrativ und grinste: »Braves Auto, liebes Auto. Bitte sei doch so nett und fahr eine kleine Proberunde mit mir.« Dann sah er zu seiner Frau. »Meinst du etwa so?«

Sie nickte. »Ja, so ähnlich.«

Dann wollte er zu seiner Proberunde losfahren. Ich fragte, ob ich mit dabei sein dürfte. Es passte ihm zwar nicht, aber er stimmte – mit Blick auf seine Frau – trotzdem zu. Schon sprang die Beifahrertür auf. Ich setzte mich neben ihn. Er war ein lausiger Autofahrer und hätte an der Kreuzung fast einen Auffahrunfall gebaut, weil er den Außenspiegel so einstellte, dass er den Mädchen im Minirock auf der anderen Straßenseite besonders lange hinterhergucken konnte.

»Vorsicht!«, schrie ich. »Passen Sie doch auf! Wir ...«

Vielleicht irre ich mich ja, aber ich hatte das Gefühl, der Ford Sierra bremste bereits ab, bevor der Typ seinen Fuß vom Gas genommen hatte. Danach wollte er von mir wissen, wie schnell der Wagen denn sei.

»Uns hat's immer gereicht«, sagte ich.

Er fuhr dann noch auf die Autobahn und staunte nicht schlecht, als unser Sierra 196 auf die Piste brachte. Als wir zurück beim Strandläufer waren, guckte seine schwangere Freundin Herbert so merkwürdig an, als ob sie sich in ihn verliebt hätte. Ich dachte, es fehlt nicht viel, und sie wird ihrem Typen sagen, dass sie bei Herbert bleibt.

Sie nahmen den Wagen für achthundert Euro. Es brach mir fast das Herz. Ja, es fiel mir richtig schwer, von ihm Abschied zu nehmen. Ich schäme mich nicht, es zu sagen, ich winkte sogar hinterher.

Herbert sagte, er habe mit seinem Chef gesprochen. Die Hälfte des Geldes stünde mir zu, der Rest der Bank. Mein Anteil könne mir allerdings nicht ausgezahlt werden, denn mein Aufenthalt im Heim verursachte natürlich Kosten, aber er wollte sich dafür einsetzen, dass ich nicht ganz leer ausgehen würde.

In der Nacht hörte ich draußen wildes Hupen. So ähnlich hatte sich immer unser Sierra angehört, wenn mein Vater versuchte, einen von diesen Pennern zu wecken, die gern an roten Ampeln einschlafen und dann, wenn es grün wird, den Verkehr aufhalten.

Am anderen Morgen, als ich zur Schule ging, stand der Sierra wieder bei mir vor dem Fenster. Ich ahnte, dass es Ärger geben würde.

Dick und Doof erschienen gemeinsam mit Herbert auf dem Pausenhof. Ich hätte kein Recht gehabt, den Wagen zurückzuholen, das sei jetzt richtiger Diebstahl und wie ich nur so unvernünftig sein könnte …

»Ich habe den Wagen nicht gestohlen.«

»Ach, und wie kommt er dann wieder zum Haus Strandläufer?«

»Ich weiß nicht. Vielleicht gefiel es ihm bei dem Pärchen nicht so gut. Ich wäre an seiner Stelle auch abgehauen.«

»Willst du mich verarschen, Kleiner? Glaubst du, nur weil dein Vater gestorben ist, könntest du dir alles erlauben?«

»Danke«, sagte Herbert, »Sie sind wirklich sehr feinfühlig. Mancher Baseballschläger hat mehr pädagogisches Talent als Sie.«

Dick schrie ihn an: »An Ihrer Stelle hätte ich nicht so ein großes Maul! Uns ist er nicht weggelaufen, um nachts Autos zu klauen, sondern Ihnen! Sie haben Ihre Aufsichtspflicht verletzt und …«

Ich fuhr hart dazwischen: »Nein, das ist alles nicht wahr! Ich habe den Strandläufer überhaupt nicht verlassen. Wenn Sie behaupten, dass ich den Wagen gestohlen habe, dann müssen Sie Beweise bringen. Sie können mir nicht einfach ein Verbrechen unterschieben!«

Herbert gab mir recht. Die Schule war für mich gelaufen. Herbert nahm mich mit zurück und telefonierte in meinem Beisein mindestens eine halbe Stunde mit meiner Mutter. Schließlich kam sie, und das sage ich jetzt nicht gern, sie sah wunderschön aus. Sie hatte abgenommen, die Haare waren gefärbt, sie trug einen engen, pinkfarbenen Rock und einen weißen Kaschmirpullover. Während sie sprach, stöhnte sie immer wieder gequält auf. Es sei einiges schiefgelaufen, sagte sie. Ich hätte ihren neuen Lebensgefährten, Kurt Brocken, dafür verantwortlich gemacht, dass die Familie auseinandergefallen wäre. Das sei aber gar nicht so gewesen. Sie und Papa hätten sich schon lange auseinandergelebt, und dann sei irgendwann Kurt gekommen. Ich hätte ihn von Anfang an nur Kotzbrocken statt Kurt Brocken genannt.

»Das stimmt gar nicht, meistens hab ich ›der blöde Schleimer‹ gesagt«, warf ich ein. Jedenfalls wollte meine Mutter mich zu sich und Brocken holen. Die zwei hatten sogar vor, zu heiraten und mit mir eine ganz neue kleine Familie zu gründen. Herbert war geradezu begeistert von der Idee.

Der neue Besitzer holte den Sierra wieder ab und verzichtete großzügig auf eine Anzeige gegen mich. Natürlich glaubte auch er, dass ich den Wagen gestohlen hatte.

Meine Mutter nahm mich mit nach Hause in ihre

neue Wohnung und der erste Abend verlief sogar recht harmonisch. Sie zeigten mir mein neues Zimmer. Das sah zwar aus, als sei es für ein achtjähriges Mädchen eingerichtet, aber meine Mutter erklärte mir, wir könnten das alles selbstverständlich umbauen. Bis vor Kurzem hätte hier noch die kleine Katrin gewohnt.

Ich sah sie groß an. Es war ihr ein bisschen peinlich: »Aus einer vorherigen Beziehung von Kurt. Aber sie ist nicht seine leibliche Tochter.«

Kotzbrocken hatte in einem französischen Kochbuch ein Rezept für Vollidioten gefunden und irgendeinen völlig ungenießbaren Müll zusammengerührt. Meine Mutter und er redeten eine halbe Stunde lang über die Gewürze und Geschmacksrichtungen. Er sagte immer wieder: »Die Spitze fehlt!«

Das ist der Feinschmeckerausdruck für Spülwasser mit Haferschleim.

Sie würzten nach und ich stocherte nur ein bisschen in dem Schmant herum und entschied mich dann für eine Tüte Chips. Er nahm es mir nicht übel, sondern lächelte milde. Ich fragte, ob ich bei ihm ein bisschen ins Internet könnte. Er willigte ein. Die beiden waren wohl froh, mich für eine Weile los zu sein.

An Kurts Computer drückte ich auf »Verlauf«, um festzustellen, welche Websites er in letzter Zeit besucht hatte. Es waren erstaunlich viele Pornoseiten dabei. Die Peinlichkeit wollte ich ihm nicht ersparen und ich sprach ihn im Beisein meiner Mutter darauf an.

Er rastete völlig aus und schrie herum, ich sei genauso ein Versager wie mein Vater, außerdem ein Lügner und ein Autodieb. Ich erwartete, dass meine Mutter mich beschützte, aber sie stand nur unschlüssig herum und wusste nicht, wem sie glauben sollte.

Kurt beschuldigte mich, ich hätte diese Seiten selbst aufgerufen, nur um ihn bei meiner Mutter vorzuführen. »Der Junge wird versuchen, uns auseinanderzubringen«, sagte er und beschwor sie, mich wieder ins Heim zurückzugeben. »Auf Dauer wird alles auf die Frage hinauslaufen: Er oder ich!«

Er knallte die Tür zu und verließ das Haus. Meine Mutter weinte und fragte mich: »Warum willst du mir das kaputt machen? Er ist ein guter Kerl. Sei ehrlich. Du hast die Pornoseiten bei ihm installiert, um ihn bei mir schlecht zu machen, stimmt's?«

Ich wohnte noch drei Tage bei ihnen. Die beiden bereiteten tatsächlich ihre Hochzeit vor. Aber dann wurde Kurt Brocken, als er angetrunken nach einem Herrenabend aus der Kneipe nach Hause wollte, von einem weißen Ford Sierra überfahren. Er wurde ein Stückchen mitgeschleift und dann an einer Mauer praktisch zerquetscht.

Der Wagen wurde nicht weit von unserem Haus gefunden. Es war der alte Ford meines Vaters. Am Kühler klebte noch Brockens Blut. Der Wagen war angeblich wenige Stunden vorher gestohlen worden.

Es gab zwei Zeugen, die den Unfall beobachtet hatten. Niemand sah einen Fahrer vom Auto weglaufen. Aber der Wagen selbst war leer, als die Polizei ankam.

Meine Mutter gab mir ein Alibi und sagte, ich sei die ganze Nacht in meinem Zimmer gewesen. Ich bin mir nicht sicher, ob sie das wirklich glaubte, aber sie wollte mir helfen. Wahrscheinlich vermutete sie, wie alle anderen auch, dass ich dahintersteckte und als eifersüchtiger Sohn den neuen Lebensgefährten meiner Mutter umgebracht hatte.

Ich denke, sogar der Richter vermutete, dass ich immer noch einen Zweitschlüssel besaß. Aber da ich noch keine vierzehn Jahre alt und damit strafunmündig war, wurde ich nur unter Aufsicht des Jugendamtes gestellt.

Der alte Ford Sierra wurde verschrottet. Ich war selber dabei, als er in die Metallpresse geworfen wurde. Als er zu einem bierkastengroßen Klumpen zerquetscht wurde, hörte ich das Metall kreischen wie ein Mensch in höchster Not. Dieser Schrei wird mich immer verfolgen.

Ich verließ den Schrottplatz, als hätte ich einen guten Freund beerdigt. Einen sehr guten Freund.

DARK SHADOW

ist ein Pseudonym. Seinen richtigen Namen möchte der Autor nicht preisgeben.

Er wurde als Sohn einer irischen Mutter und eines italienischen Vaters in Irland in der Nähe von Dublin geboren. Als er acht Jahre alt war, verunglückten seine Eltern bei einem Autounfall tödlich. Bis heute glaubt er, dass dieser Unfall kein Zufall war.

Entfernte Verwandte aus Düsseldorf holten den Waisen zu sich. Der Junge riss immer wieder aus und schlug sich oft monatelang alleine auf der Straße durch. Später arbeitete er als Elefantenpfleger, Nachtwagenschaffner und Rettungsschwimmer, bis er schließlich als Fischer auf einem Krabbenkutter anheuerte. Während dieser Zeit schrieb er nachts Geschichten, die er unter dem Namen Dark Shadow veröffentlichte. Er spricht fließend Englisch, Deutsch und Italienisch.

Heute bewohnt Dark Shadow vier beheizbare Zimmer in der Ruine eines irischen Spukschlosses.

DARK-NIGHT-STORIES

ISBN 978-3-7607-4186-4

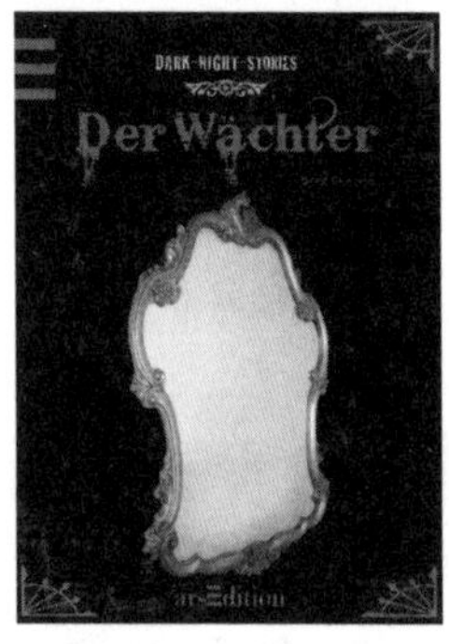

ISBN 978-3-7607-4185-7